Brian Jacques

Die Redwall-Saga

OMNIBUS

DER AUTOR

Foto: © privat

Brian Jacques wuchs im nordenglischen Liverpool auf, wo er auch heute wieder lebt. Seine eigene Biografie ist den Geschichten, die er schreibt, gar nicht so unähnlich. Mit fünfzehn ging er zur See, nach seiner Rückkehr arbeitete er als Dockarbeiter, Brummifahrer, Polizist und Animateur. Mit all diesen Erlebnissen im Kopf schrieb er für die Kinder einer Blindenschule »Redwall«, den Beginn einer großen Saga, die er als Junge selbst gern gelesen hätte. Inzwischen warten Kinder und Jugendliche in aller Welt auf neue spannende Abenteuer aus Redwall.

Von Brian Jacques ist bei OMNIBUS erschienen:

Redwall – Die Mauer (26021) • **Redwall – Die Suche** (26079) • **Redwall – Der Krieger** (26081) • **Mossflower – Kotir, die Burg des Schreckens** (26022) • **Mossflower – Am Berg Salamandastron** (26082) • **Mattimeo – Slagar der Grausame** (26023) • **Mattimeo – General Eisenschnabel** (26101) • **Mattimeo – Lord Malkariss** (26102) • **Mariel – Das Geheimnis der Mäusemaid** (26117) • **Mariel – Der Klang der Glocke** (26118) • **Salamandastron – Von Abenteuerern und Ausreißern** (26136) • **Salamandastron – Von Kriegern und Ungeheuern** (26143) • **Salamandastron – Von Schicksalen und Heimkehrern** (26156)

Weitere Titel der Redwall-Saga sind in Vorbereitung.

Brian Jacques

Martin der Krieger – Der Gefangene und der Tyrann

Aus dem Englischen
von Bettina Lifke

THIENEMANN TASCHENBUCH

THIENEMANN TASCHENBUCH BEI OMNIBUS
Band 26152

Umwelthinweis:
Dieses Buch wurde auf chlorfrei gebleichtem
Papier gedruckt.

Erstmals als Thienemann Taschenbuch
bei OMNIBUS Februar 2003
Der OMNIBUS Taschenbuchverlag gehört zu den
Kinder- & Jugendbuch-Verlagen
in der Verlagsgruppe Random House
Gesetzt nach den Regeln der Rechtschreibreform

Die Originalausgabe erschien unter dem Titel
»Martin the Warrior« bei Hutchinson
Children's Books, Random House UK Ltd., London
Übersetzung: Bettina Lifke
Umschlagbild: Fangorn
Umschlagkonzeption: Klaus Renner
Jo · Herstellung: Peter Papenbrok
Satz: KCS GmbH, Buchholz/Hamburg
Druck: Clausen & Bosse, Leck
ISBN 3-570-26152-2
Printed in Germany

www.omnibus-verlag.de

10 9 8 7 6 5 4 3 2 1

OMNIBUS

Ganz Mossflower liegt tief verschneit
und wartet auf die Frühlingszeit,
doch Redwalls Wohnhöhle lädt ein
zu lauschigem Beisammensein.
Und so erschallt der helle Klang
von lautem, fröhlichem Gesang
durch das Gemäuer der Abtei
und lockt so manchen Gast herbei:
»Du guter Herbst, wir sagen Dank
für deine Gaben, Speis und Trank.
Die Vorratslager sind gefüllt
und Durst und Hunger schnell gestillt.
Wir sitzen beim Oktoberbier,
du guter Herbst, wir danken dir.«

Unterstützt von ihrem Freund, dem Maulwurf Grabb, zerrten die jungen Otterzwillinge Bagg und Rann einen kleinen Buchenstamm die Straße entlang zur Abtei von Redwall. Vor dem Stamm, den das verwegene Dreiergespann unter großen Mühen vorwärts bugsierte, türmte sich immer wieder Schnee auf, sodass die Kleinen von Zeit zu Zeit anhalten mussten, um den Weg freizuräumen. Ohne ihren ausgelassenen Gesang zu unterbrechen, begannen sie, einander mit Schneebällen zu bewerfen. Weiß stieg ihr warmer Atem auf, als sie um den Buchenstamm tobten.

»Auau! Du duast a scheußlichr Schurk seia, Bagg! Dua mi sofort loslossa!«

»Haha! Ich werde dich retten, Grabb. Feuer frei!«

»Daneben! Du könntest doch nicht mal das Tor der Abtei treffen, wenn du direkt davor stehen würdest, Rann!«

»Ach ja? Na, dann pass mal schön auf, Kumpel!«

Der junge Otter schleuderte seinen Schneeball. Bagg duckte sich. Die Kleinen waren so in ihre Schneeballschlacht vertieft, dass sie die beiden Wanderer, die aus nördlicher Richtung die Straße entlangkamen, nicht bemerkten.

»Hoppla! Heilige Jahreszeit, nu' ma' nich' so wild!«

Einer der Wanderer, ein großer, stämmiger Igel, war von einem Schneeball getroffen worden. Mit dem Saum seines Mantels wischte er sich den Schnee von der Schnauze. Die drei Kleinen hörten mit dem Werfen auf und blickten verlegen zu Boden.

Grabb fand als Erster die Sprache wieder und entschuldigte sich, auch im Namen seiner Freunde: »Hajaj, des duat uns abr schräcklich Leid dua, Härr. Duat Yi v'rletzt seia?«

Die Begleiterin des Igels, eine sehr hübsche Mäusemaid, musste ein Lachen unterdrücken, als sie die drei sündigen Schneeballwerfer so vor sich stehen sah. »Keine Sorge, Bulspitz wird's bestimmt überleben. Er hat schon schlimmere Verletzungen überstanden.«

Der große Igel verzog sein Gesicht zu einem Grinsen und nickte. »Und ob ich das habe, Kumpels. Kommt, ich werd euch mal mit dem Baumstamm zur Pfote gehn. Wo wollt ihr denn damit hin?«

Bagg hob seine Pfote, die in einem Fausthandschuh steckte, und wies voraus. »Wir müssen nur noch um die Biegung da vorne, Herr. Zur Abtei von Redwall. Da wohnen wir nämlich.«

Bulspitz packte das Schleppseil mit kräftigen Pfoten und nickte seiner Gefährtin zu. »Siehst du? Ich hab dir doch gesagt, dass wir auf die Abtei stoßen würden, wenn wir dieser Straße folgten. Na, dann mal los, ihr drei Strolche! Setzt euch auf den Baumstamm und lasst euch von mir ziehen. Du auch, Aurelia! Gönn deinen Hinterpfoten 'ne Ruhepause!«

Der Igel war in der Tat eine kraftstrotzende Erscheinung. Er warf sich das Seil über die Schulter und begann, wieder durch den Schnee zu stapfen, wobei er den Baumstamm und seine kostbare Fracht scheinbar ohne jede Mühe hinter sich herzog.

Hinter der Abtei von Redwall erstreckte sich der tiefe Wald von Mossflower. Die Vorderseite des Hauptgebäudes lag der Straße und der weiten Ebene zugewandt, die sich im Westen ausdehnte. Die wunderschöne, schneebedeckte Abtei sah aus wie eine riesige, mit Zuckerguss überzogene Torte. Von roten Sandsteintürmen und -zinnen herabhängende Eiszapfen zierten die Mauer, die Brustwehr, den Glockenturm und die Gebäude.

Abt Saxtus verschränkte die Pfoten in den weiten Ärmeln seiner Kutte und blickte zum Hauptgebäude empor.

Simeon, der alte, blinde Kräuterheilkundige, stand neben ihm und stützte sich auf einen Weißdornstock. Schnüffelnd sog er die kalte Luft ein. »Es sieht wunderschön aus, nicht wahr, Saxtus?«

Da der Abt wusste, dass das untrügliche Gespür seines Freundes ihn jede Bewegung wahrnehmen ließ, nickte er nur. »Weißt du noch, was unser Freund, der alte Abt Bernhard, sagte, kurz bevor er dahinschied? ›Redwall bietet immer einen prachtvollen Anblick, ganz gleich zu welcher Jahreszeit.‹«

Simeon sog erneut die Luft ein und hob seine Pfote. »Irgendjemand ist auf dem Weg hierher. Einer, vielleicht auch zwei, das ist schwer zu sagen.«

Sie traten vor dem geöffneten Haupttor auf die Straße.

Saxtus spähte in die Ferne, bis er die Gruppe erkennen konnte, die sich der Abtei näherte. »Hätte ich's mir doch denken können: Es sind Bagg, Rann und Grabb. Sie bringen noch zwei Wanderer mit.«

Begeistert stieß Simeon mit seinem Stock in den Schnee. »Na großartig! Dann werden wir heute Abend in der Wohnhöhle ja mal ein paar neue Geschichten zu hören bekommen!«

Die Vorbereitungen für Mossflowers Mittwinterfest waren in vollem Gange und der alte Pater Cockelbörr und sein Küchengehilfe, Bruder Erle, hatten alle Pfoten voll zu tun. In Windeseile verzierten die beiden Mäuseriche ihre Speisen. Gleichzeitig erteilten sie jenen Bewohnern von Redwall, die Küchendienst hatten, unentwegt Anweisungen.

»Wenn der Auflauf eine schöne, glänzende Kruste bekommen soll, dann musst du noch mehr Honig drüberstreichen!«

»Reicht mir doch bitte mal die gehackten Nüsse und den grünen Pflanzensaft.«

»Schnell, zieht die Pastetchen aus dem Ofen, bevor sie zu braun werden!«

»Darry Stachler, wirst du wohl aufhören, scharfen Wurzelpfeffer in die Suppe zu schütten!«

»Oooch, nu' lasst mich doch. Die Suppe muss scharf sein, sonst schmeckt sie nich'!«

Pater Cockelbörr stemmte seine Pfoten in die Hüften und starrte den Igel verärgert an. »Ich wünschte, du würdest wieder in deinen Keller gehen und dich zusammen mit deinem Onkel Gabriel um die Getränke kümmern. Nun mach schon, raus mit dir!«

Darry steckte sich eine kandierte Kastanie in den Mund und nuschelte: »Die Getränke stehn schon alle bereit: Oktoberbier, Holunderbeerwein, Erdbeersaft und Löwenzahnsprudel. Im Keller gibt's nix mehr zu tun. Mein alter Onk'l Gabriel macht vor dem Fest noch 'n kleines Nickerchen. Sein Bauch kann etwas Ruhe gebrauchen.«

Aurelia und Bulspitz waren gleich nach ihrer Ankunft durch die Abtei geführt worden. Voller Erstaunen hatten sie das großartige Gemäuer betrachtet und keine Gelegenheit ausgelassen, um ihrer Bewunderung Ausdruck zu verleihen. Später hatte der Vormaulwurf sie dann zu ihren Kammern geleitet.

Nachdem sie sich ausgeruht, frisch gemacht und wärmende alte grüne Kutten angelegt hatten, kamen sie nun in die so genannte Wohnhöhle, um dem Festmahl beizuwohnen. Aurelia lächelte den galanten jungen Mäuserichen zu, die sich sogleich um sie scharten. Sie waren bemüht, der hübschen Fremden in ihrer Mitte jeden Wunsch von den Augen abzulesen und einander dabei womöglich noch zu überbieten.

»Setzt Euch zu mir, Fräulein Aurelia.«

»Nein, setzt Euch neben mich! Hier ist es viel bequemer. Ich habe auch ein Kissen für Euch.«

»Ihr habt bestimmt einen weiten Weg hinter Euch. Ich werde Euch etwas zu essen holen.«

»Probiert doch mal unseren Holunderbeerwein. Der wird Euch nach Eurer langen Wanderschaft ordentlich durchwärmen, Fräulein Aurelia.«

Abt Saxtus blickte über den Rand seiner Brille und winkte mit der Pfote ab. »Du meine Güte, ein einziger Gast und so viele dienstbare Geister! Kommt hierher, Aurelia, und setzt Euch zu Bulspitz und Simeon. Ich rücke einfach ein wenig zur Seite, dann könnt Ihr neben mir Platz nehmen. Warum sollte es einem ehrwürdigen, alten Abt nicht auch einmal vergönnt sein, in Gesellschaft einer hübschen, jungen Mäusemaid zu speisen?«

Aurelia machte einen Knicks und erwiderte lächelnd: »Wie wahr, wie wahr, ehrwürdiger Abt!«

Bulspitz hatte einen ungeheuren Appetit. Kaum war das Tischgebet gesprochen, da kaute er auch schon drauflos, probierte diese und jene Speise und ließ sich vom alten Gabriel Stachler seinen Humpen füllen. »Das Oktoberbier aus Redwall is' das beste in ganz Mossflower. Ihr solltet Nussbrot und gelben Salbeikäse dazu essen, mein Junge, das passt ganz großartig.«

Aurelia nippte an ihrem Becher und erschauderte. »Huuh! Einfach köstlich, das perlt ja richtig. Was ist das denn?«

Simeon schob eine große Schale mit Süßspeise zu ihr hinüber. »Wir nennen es Löwenzahnsprudel. Schmeckt ausgezeichnet zu Schneecremepudding mit Pflaumen. Nehmt Euch nur! – Als wir uns heute begegneten, verriet meine Nase mir, dass Ihr eine Heilerin seid. Stimmt das?«

Aurelia blickte erstaunt drein. Das ausgeprägte Wahrnehmungsvermögen des blinden Mäuserichs überraschte sie. »Ja, Ihr habt Recht, Simeon! Ich bin eine Heilerin.«

Simeon lehnte sich vornüber und ergriff Bulspitz' kräftige Pfote. »Euch halte ich allerdings nicht für einen Heiler.«

»Ich bin auch kein Heiler«, kicherte der stämmige Igel, »sondern einfach nur 'n Gefährte, der Aurelia auf ihrer Wanderschaft beschützt.«

Der blinde Kräuterheilkundige spürte die Stärke in Bulspitz' Pfote, als dieser die Muskeln anspannte. »Ihr macht Eure Sache bestimmt sehr gut. Wehe dem, der sich dieser Pfote in den Weg zu stellen wagt!«

Das Gelächter und fröhliche Geplauder drang bis zu den Dachbalken des großen Gewölbes unter der Abtei empor. Wärme, Kameradschaft und gute Laune erfüllten den Raum. Die Speisen wurden hierhin und dorthin gereicht. Schneecremepudding, war-

me Obstkuchen, farbenfrohe Biskuitdesserts, leckere Pastetchen, dampfende Suppe, frisches Brot mit goldbraun glänzender Kruste sowie gereifter Löwenzahn-, Eichel- und Selleriekäse wanderten von Pfote zu Pfote. Gezuckerte Pflaumen und in Honig eingelegte Birnen wetteiferten mit Wintersalaten und Gemüseaufläufen um einen Platz auf der Tafel. Aurelia und Bulspitz nahmen voller Begeisterung am fröhlichen Festmahl teil, genossen die Speisen und erfreuten sich der Gastfreundschaft, für die die Bewohner der Abtei von Redwall so berühmt waren.

Es war spät am Abend. Die schläfrigen Kleinen hatte man inzwischen in den Schlafsaal hinaufgetragen und ins Bett gebracht. In den Wandhalterungen steckten frische Fackeln. Bulspitz knabberte an seiner vierten Pastete, leerte einen Humpen mit Oktoberbier und blickte erstaunt in die Runde: Die Bewohner von Redwall saßen noch immer an der Tafel, unterhielten sich angeregt und scherzten miteinander.

»Legt sich bei euch denn überhaupt niemand schlafen, Simeon?«

Der Kräuterheilkundige zuckte mit den Achseln. »Seid Ihr müde, mein Freund?«

Bulspitz blies in eine Schale mit heißer Suppe. »Nicht im Geringsten, ich bin noch hellwach.«

Der Abt sah zu, wie die Suppe allmählich verschwand. »Ausgezeichnet, so ist es recht! Keiner von uns muss morgen früh aufstehen, um zu arbeiten. Im Winter gibt es für uns nicht viel zu tun. Wir können nur essen und schlafen, und so essen wir, wenn wir hungrig sind, und schlafen, wenn uns der Sinn danach steht. Na, wie gefällt Euch das, Aurelia?«

Zufrieden lehnte sich die Mäusemaid zurück. »Das gefällt mir ausgezeichnet, ehrwürdiger Abt. Was geschieht denn nun, da das Festmahl beendet ist?«

Der Vormaulwurf blickte von seiner Rüba-un-Toffel-un-Rota-Beta-größr-als-je-zuvor-Pastete auf. »Yi duat doch weit rumkomma seia, villicht duat Yi ja a paar schöna G'schichta für uns haba, Frollein. Unsera eig'na G'schichta duat wi scho taus'nd Mal g'hört haba.«

Im Halbkreis um die große Feuerstelle wurden Kissen ausgelegt und Stühle bereitgestellt. Dann wurden frische Holzscheite aufs Feuer gelegt und mit befeuchteten Kräutern bedeckt, sodass die Luft schon bald von einem süßlichen Duft erfüllt war. Jeder Bewohner von Redwall, der noch aufbleiben wollte, nahm auf einem der Stühle oder Kissen Platz. Für Aurelia und Bulspitz standen zwei bequeme Lehnstühle bereit, die mit hübschen Schnitzereien verziert waren. Allmählich kehrte Ruhe ein und die Zuhörer richteten ihre Blicke erwartungsvoll auf die beiden Weltenbummler.

»Als wir heute durch eure wunderschöne Abtei spazierten, sahen wir einen Wandteppich«, begann die Mäusemaid. »Ich erkannte den Mäuserich, der darauf abgebildet war, sofort wieder. Es war Martin der Krieger. Wenn ich recht verstanden habe, dann ist er der Schutzpatron und zugleich einer der Gründer dieser Abtei. Wisst ihr eigentlich viel über ihn?«

Abt Saxtus stieß einen Seufzer aus und schüttelte langsam den Kopf. »Martin ist stets hier gewesen, um uns in Zeiten der Not beizustehen. Seine Nähe war besonders spürbar, als zwei unserer Kleinen, Dandin und Mariel, noch unter uns weilten. Leider sind sie nun schon seit eineinhalb Jahreszeiten fort. Martins Gegenwart hat seither niemand mehr wahrnehmen können. Wir wissen leider viel zu wenig über den Krieger unserer Abtei. Ich wünschte wirklich, dass wir mehr über ihn hätten in Erfahrung bringen können.«

Ein schwaches Lächeln huschte über Aurelias Gesicht. Sie lehnte sich nach vorne und blickte den Abt und seine Abteibewohner, die im flackernden Feuerschein saßen, viel sagend an.

»Das sollt ihr auch, denn ich habe euch eine lange und großartige Geschichte zu erzählen:

Es heißt, dass Böswill von dem Traum beseelt war, zum Herrscher über die gesamte Ostküste aufzusteigen. Als einstiger Korsar hatte er das Plündern auf hoher See nur aufgegeben, um sich an Land sein eigenes Reich aufzubauen. Seine Wahl fiel auf ein Gebiet, das für seine Zwecke wie geschaffen war. Es lag direkt am Ostmeer, wurde im Norden durch Klippen geschützt und im Süden durch eine Hügelkette begrenzt, während sich im Westen ein Sumpfland anschloss, das in eine undurchdringliche Wildnis überging. Von diesem sicheren Standort am Rande der Küstenlinie aus konnte der kampferprobte Hermelinpirat jeden Angreifer abwehren. Und so machte er sich daran, seinen Traum zu verwirklichen, indem er sich eine Festung aus Holz und Steinen bauen ließ.

Marschank!

Böswill war Anführer einer Horde von Wieseln, Frettchen, Füchsen und Ratten. Anderen Hermelinen traute er nicht über den Weg, da er die Mitglieder seiner eigenen Art für die gerissensten und einfallsreichsten aller Lebewesen hielt. Böswill hatte sein beschädigtes Schiff an der Nordwestküste versenkt und war auf dem Landweg zum großen Ostmeer gezogen, an dessen ferner

Küste nur selten Korsaren und Seeratten im graublauen Wasser kreuzten. Auf seinem Weg dorthin hatte der bösartige Hermelinpirat das Land verwüstet, seine Bewohner versklavt und all jene getötet, die sich nicht unterwerfen ließen. Nach zwei langen Jahreszeiten erreichte er schließlich sein Ziel. Es war ein großer Triumph für ihn, als er, mit Beute beladen und von seiner skrupellosen Horde unterstützt, die elenden Sklaven an einer langen Kette vor sich her auf die Küste zutrieb.

Böswill schickte seine Sklaven umgehend an die Arbeit. Sie wurden gezwungen, Steine aus den Felsen zu schlagen und mit dem Bau seiner Festung zu beginnen. Sie kamen mit der Arbeit gut voran, sodass schon bald ein Wohnquartier errichtet war. Ihm folgte eine Mauer, die das Gelände wie ein Schutzwall umgab und deren Haupttor nach der Küstenlinie zu lag.

Tag für Tag ließ Böswill seinen prüfenden Blick übers offene Meer schweifen, denn er hatte sich in seiner Zeit als Pirat so manchen Kameraden zum Feind gemacht. Glücklicherweise wurde niemals auch nur das geringste Anzeichen eines Segels oder Schiffes am Horizont gesichtet. Dennoch trieb er sowohl seine Sklaven als auch die Hordenmitglieder erbarmungslos an, damit die Festung in Windeseile fertig gestellt wurde. Erst, wenn Marschank fertig wäre, würde es ihm möglich sein, die Herrschaft endgültig an sich zu reißen. Von einem sicheren Stützpunkt aus könnte er das Land in allen Himmelsrichtungen durchstreifen, um zu brandschatzen und zu morden, bis er von allen Lebewesen im Umkreis als uneingeschränkter Herrscher anerkannt würde. – Tyrann! Böswill liebte den Klang dieses Wortes: Tyrann!

1

Der Mäuserich war zwar noch jung, aber von kräftiger Statur, und das Blitzen in seinen Augen ließ erkennen, dass er der geborene Kämpfer war. Er machte nie viele Worte, unnötiges Geplauder lag ihm nicht. Die Strahlen der Frühsommersonne hüllten die Ostküste in gleißendes Licht und strömten erbarmungslos auf seinen ungeschützten Kopf herab, während er große Felsbrocken herbeischleppte und neben den Steinmetzen aufstapelte. Diese meißelten daraus die Quader, mit denen die Festung Marschank ausgebaut werden sollte.

Ein Wieselhauptmann namens Zisch kam herbeistolziert und ließ drohend seine lange Peitsche knallen. Er suchte nach einem Vorwand, um die Sklaven zu schikanieren, die sich in der staubigen Hitze um ihn herum abplagten. Sein Blick fiel schließlich auf den jungen Mäuserich.

»Du da, mach mal 'n bisschen zu! Na los doch, beweg deine lahmen Knochen! Bald kommt Lord Böswill, um sich anzusehn, wie ihr vorankommt. Beeil dich, sonst kriegst du meine Peitsche zu spürn!«

Der Mäuserich ließ den Felsblock fallen, den er gerade trug, richtete sich auf und starrte den aufgeblasenen Wieselhauptmann durchdringend an. Boshaft knallte Zisch mit seiner Peitsche, deren Ende das Gesicht seines Opfers nur um Haaresbreite verfehlte. Der junge Mäuserich blieb stehen, ohne mit der Wimper zu zucken. Sein Blick verfinsterte sich, während er reglos dastand und schweigend Widerstand leistete.

Erneut holte der Wieselhauptmann mit der Peitsche zum Schlag aus, doch der kühne, wütende Blick des jungen Sklaven schien ihn herauszufordern, und so hielt er inne. Wie alle Wichtigtuer war das Wiesel im Grunde seines Herzens ein Feigling. Schließlich wich Zisch den starren Augen des Gegners aus und ließ seine Peitsche auf ein paar Sklaven zuschnellen, die leichter einzuschüchtern waren.

»Zack, zack, ihr nichtsnutzigen Faulpelze! Wer nich' arbeitet, kriegt auch nix zu essen. Bewegt eure Kadaver! – Da kommt Lord Böswill!«

Böswills Gehilfen, Garrad der Ratterich und Fetzenschädel der Fuchs, schritten neben ihm einher, als der Tyrann gebieterisch auf das Gelände stolziert kam. Er wartete, während zwei Igel ihm in aller Eile aus ein paar Steinblöcken eine behelfsmäßige Sitzgelegenheit errichteten, die von Fetzenschädel geschwind mit einem Samtumhang bedeckt wurde. Böswill nahm Platz und betrachtete das geschäftige Treiben um sich.

Dann wandte sich der Hermelinlord an Zisch: »Wird meine Festung noch vor Ende des Sommers fertig gestellt sein?«

Zisch fuchtelte mit seiner zusammengerollten Peitsche in der Luft herum und wies auf die Sklaven. »Herr, wenn's nur nich' ganz so heiß wär und wir mehr Arbeiter hätten ...«

Böswill handelte schnell wie der Blitz. Wutentbrannt packte er einen Kieselstein, schleuderte ihn und traf den Wieselhauptmann an der Schnauze. Stumm stand Zisch da und ließ die Schimpftiraden des Tyrannen über sich ergehen, während ihm das Blut die Schnauze hinabrann.

»Alles nur faule Ausreden! Ich will keine Klagen oder Ausflüchte hören, verstanden? Was ich brauche, ist eine Festung, die noch vor Beginn des Herbstes fertig gestellt ist. Jetzt steh nicht mit so einer Leidensmiene in der Gegend herum, sondern sieh zu, dass du vorankommst!«

Zisch machte sich sofort an die Arbeit. Er peitschte um sich und gab die schlechte Laune, die sein Herr an ihm ausgelassen hatte, umgehend an die Sklaven weiter.

»Bewegt euch, ihr wertloses Lumpenpack! Ihr habt gehört, was Lord Böswill gesagt hat! Noch bevor die Jahreszeit zu Ende geht, muss Marschank fertig sein! Von nun an wird doppelt so hart gearbeitet, und zwar bei halben Rationen. Beeilung!«

Tief gebeugt quälte sich ein alter Eichhörnchenmann an ihm vorüber. Er wankte unter der Last eines großen Steines. Zisch schlug nach ihm. Die Peitsche wickelte sich um die Hinterpfoten des Greises, worauf dieser stürzte und den Stein fallen ließ. Sofort fiel das Wiesel über den Eichhörnchenmann her und schlug blindlings auf den gebrechlichen Körper seines Opfers ein.

»Du nichtsnutziger Faulpelz, dir werd ich dein erbärmliches Fell abziehn!«

Immer wieder sauste die Peitsche auf den Greis nieder, der schutzlos vor Zisch auf dem Boden lag.

»Dir erteil ich 'ne Lektion, die du so schnell nich' vergisst ...«

Plötzlich kam die Peitsche mitten in der Luft zum Stillstand. Zisch zog am Griff und die Schnur straffte sich. Als er energisch zu zerren begann, wurde er mit einem kräftigen Ruck zurückgerissen, sodass er der Länge nach hinschlug. Der junge Mäuserich hatte sich das Ende der Peitschenschnur um die Pfote geschlungen.

Unbändiger Zorn stieg in Zisch auf und ließ seine Augen hervortreten, als er den Sklaven, der gewagt hatte, sich einzumischen, anschrie: »Lass sofort meine Peitsche los, sonst mach ich Hackfleisch aus dir!«

Der Wieselhauptmann griff nach dem Dolch an seiner Seite, aber er war nicht schnell genug. Der Mäuserich warf sich auf ihn, schlang die Peitschenschnur um seinen Hals und zog fest an. Zisch lag würgend und geifernd im Staub. Verzweifelt schlug und trat er um sich, während die Schlinge um seinen Hals immer fester zusammengezogen wurde. Hastig packte Garrad seine Knochenpfeife, die er immer um den Hals trug, und schlug Alarm.

In Sekundenschnelle fielen sechs Wachposten, die sich in der Nähe befanden, über den Mäuserich her. Er verschwand unter einem Knäuel aus Frettchen, Wieseln und Ratten, die gnadenlos auf ihn einprügelten. Sie trampelten auf seine Pfoten, sodass er gezwungen war, den Peitschengriff loszulassen. Ohne Unterlass schlugen sie mit Speerenden, Stöcken und Peitschen auf ihn ein, bis Böswill ihnen schließlich Einhalt gebot.

»Das reicht. Bringt ihn her zu mir!«

Die Pfoten des jungen Mäuserichs wurden mit Peitschenschnur zusammengebunden und seine Kehle mit einem Speergriff abgeschnürt. Dennoch trat der junge Mäuserich um sich und leistete erbittert Widerstand, als er vor den Hermelinlord gezerrt wurde.

Böswill zog sein Schwert und stieß mit der Spitze gegen die Brust des jungen Burschen, die sich vor Anstrengung hob und senkte. Er lehnte sich vornüber und zischte dem Gefangenen ins Gesicht. »Dir ist doch wohl bekannt, dass jeder, der es wagt, ein Mitglied meiner Horde anzugreifen, mit dem Tod bestraft wird.

Ich könnte auf der Stelle dein Leben auslöschen, indem ich dich mit meinem Schwert aufspieße. Na, wie würde dir das gefallen, Mäuserich?«

Die glühenden Augen des starken jungen Mäuserichs brannten sich in das Gesicht des Tyrannen wie zwei lodernde Flammen, als er zwischen knirschenden Zähnen hervorstieß: »Du Abschaum! Das ist nicht dein Schwert. Es gehörte einst meinem Vater und nun gehört es mir!«

Böswill ließ die Schwertspitze sinken. Er lehnte sich zurück und schüttelte langsam den Kopf. Die Kühnheit des Burschen, der so unerschrocken vor ihm stand, verblüffte ihn.

»Sieh an, sieh an! Schneid scheinst du ja zu haben, Mäuserich, das muss man dir lassen. Wie heißt du?«

Die Antwort ertönte laut und furchtlos.

»Ich bin Martin, der Sohn von Lukas dem Krieger!«

»Schau auf den Fluss, der munter fließt
über Täler und Hügel, weit fort.
Sein Ziel ist unser Mittagstal,
tief verborgen im Wald liegt der Ort.
Suche mich, wenn der Tag anbricht
und die Sonne erneut erwacht.
So still und schön ist diese Zeit,
des Abschiednehmens von der Nacht.
Warte, bis die Lerche aufsteigt
und der Himmel erstrahlt im Licht.
Dort, wo der Regenbogen endet,
findest du mich, verzage nicht.«

Rose, die Mäusemaid, blieb reglos sitzen, während die letzten Töne ihres Liedes in der Abendluft verhallten. Sie befand sich auf einem Aussichtspunkt zwischen den Felsen südlich von Marschank und blickte aufs Meer hinaus. Im Wasser spiegelten sich die sanften Wolkenschleier, denen das Licht der untergehenden Sonne einen goldenen und dunkelroten Schimmer verlieh. Unten am Ufer strichen die Wellen des ablaufenden Wassers plätschernd über die Kiesel und murmelten, leise gurgelnd und glucksend, ihre kleinen Geheimnisse vor sich hin.

»Hajaj, Frollein Rose, nu duat endlich härkomma un zu Abnd essa. I dua doch nich kocha, d'mit d' Speisa rumsteha un kalt un ung'nießbar werda duat. Nä oh nä!«

Roses Gefährte Brummel winkte mit seiner schweren Grabklaue und so spazierte die Mäusemaid zu ihrem Maulwurfsfreund hinüber und setzte sich zu ihm an das kleine Lagerfeuer, auf dem er das Essen gekocht hatte. Sie sog den Duft ein und bemerkte anerkennend: »Mmh, Haferbrötchen und Gemüsesuppe! Guter, alter Brummel, du könntest auch ganz ohne Zutaten noch ein Festmahl zaubern.«

Brummel lächelte, wobei seine strahlenden Knopfaugen fast in den Falten seines dunklen, samtenen Gesichtes verschwanden. Er wedelte mit der kleinen Schöpfkelle, die er stets wie ein Schwert in seinem Gürtel trug.

»Haja, un Yi könntat mit Eura Schmeichleia sogar d' Vögl aus d' Bäuma locka, Frolleinche. Nu duat Eu hiesetza un aufessa.«

Rose nahm die tiefe Muschelschale mit der duftenden Suppe entgegen. Dann legte sie ihr Haferbrötchen auf einen flachen Stein über dem Feuer, um es warm zu halten, und begann, kopfschüttelnd ihre Suppe zu löffeln.

»Du bist noch schlimmer als eine alte Mäuseamme, Brummel Brotbrett. Ich gehe jede Wette ein, dass du mich noch in den Schlaf wiegen würdest, wenn ich dich ließe.«

Brummel drohte ihr mit seiner kleinen Schöpfkelle. »Hajaj, g'nau, Yi duat Eur Schlaf au braucha. Wos tät Eur altr Härr wohl saga, wenn i Eu völlich übrmüdet un v'rhungrt zrückbringa würd. Nä oh nä!«

Die Mäusemaid biss hastig von ihrem Haferbrötchen ab und fächelte ihrem geöffneten Mund Luft zu. »Ujuj, ist das heiß! Wir werden kein Auge zutun, bevor wir nicht herausgefunden haben, ob Broom in dieser grässlichen Festung gefangen gehalten wird oder nicht.«

Brummel reinigte seine Schöpfkelle mit etwas Riedgras. »Villicht duat dr guta Broom sich oifach nur v'rlaufa haba, villicht duat är ja übraupt nich als G'fang'na in dr Festung seia.«

Rose schüttelte den Kopf. »Weißt du, Brummel, es ist nun mal leider so, dass Broom sich ständig in Schwierigkeiten bringt. Als er noch daheim war, bekam er immer wieder Ärger mit Vater – deshalb begab er sich schließlich auf lange Streifzüge. Du warst nicht dabei, aber damals entbrannte ein heftiger Streit zwischen den beiden, weil Broom sich einfach nach Lust und Laune aufmachte und durch die Lande zog. Vater sagte, dass ein solches Verhalten sich für den Sohn eines Anführers nicht gehöre und dass er endlich lernen müsse, mehr Verantwortungsbewusstsein an den Tag zu legen. Aber Broom hörte nicht auf ihn und ging einfach auf und davon. Tja, Brummel, bis hier sind wir seiner Spur gefolgt, und ich bin felsenfest davon überzeugt, dass mein Bruder wieder einmal bis zum Hals in Schwierigkeiten steckt. Daher zweifle ich auch nicht daran, dass er von Böswills Kundschaftern gefangen genommen wurde. Ich kann nur hoffen, dass sie ihn nicht gezwungen haben preiszugeben, wo das Mittagstal liegt. Der ganze Stamm von Urran Voh wäre in großer Gefahr, wenn Broom diesem widerwärtigen Tyrannen von unserer Heimat erzählt hätte.«

Brummel füllte Rose noch etwas Gemüsesuppe in ihre Schale. »Nu duat Eu nur koi Sorga macha, Frolleinche. Dr guta Broom duat v'rschwiega seia könna wie a Grab, ho hajaj!«

Die Mäusemaid band die Wurfschlinge los, die sie um die Taille gewickelt trug. »Hoffentlich hast du Recht, Brummel. Ich darf gar nicht daran denken, was dieses Ungeziefer einem jungen Mäuserich alles antun würde, um ihn zur Preisgabe seiner Geheimnisse zu zwingen.«

Der Maulwurf hob seine schwere Grabklaue und tätschelte Rose sanft den Rücken. »Duat Eu nich weitr beunruhiga, Rose. Wenn dr guta Meistr Broom wirklich in däm Pestloch stecka duat, werdat wi 'n da raushola.«

Als sie ihre Mahlzeit beendet hatten, löschten sie das Feuer und brachen auf.

Von Osten her war eine steife Brise aufgekommen. Sie brachte ein paar vereinzelte Regentropfen mit, die bei Anbruch der Nacht zu einem Schauer anzuschwellen drohten.

Die beiden Freunde kletterten die Felsen hinab und liefen zur Gezeitenlinie. Ihre Pfoten knirschten leise im Kies, als sie am Strand dahintrotteten. Wie ein finsteres Mahnmal des Elends ragte Marschank unheilvoll und bedrohlich in der mondlosen Nacht vor ihnen auf.

2

Der alte Eichhörnchenmann, den Martin gerettet hatte, spähte durch die Risse im Holzzaun des Sklavenverschlages auf die einsame Gestalt, die auf der Mauer über dem Haupttor zwischen zwei Pfählen festgebunden war. Sein Sohn, ein stämmiger Bursche namens Felldoh, stand hinter ihm und knirschte grimmig mit den Zähnen.

»Diese niederträchtigen Kröten! Eines Tages werden sie dafür bezahlen!«

Borkenhans, der Eichhörnchengreis, schüttelte betrübt den Kopf. »Wenn das Wetter sich noch weiter verschlechtert, wird es Martin heute Nacht ganz schön übel ergehen.«

Felldoh schlug mit seiner kräftigen Pfote gegen den Holzzaun des Verschlages. »Ich mache mir mehr Sorgen darüber, wie es ihm morgen früh ergehen wird. Wenn die Möwen, Tölpel und all die anderen großen, hungrigen Seevögel auf ihrer Nahrungssuche angeflogen kommen und Martin dort oben hängen sehen, werden sie ihn in Stücke reißen!«

Ein Wieselwachposten namens Gammelnase schlug von außen auf der Höhe von Borkenhans' Nase gegen den Zaun.

»Zurück mit euch, ihr beiden, sonst könnt ihr dem Mäuserich da oben demnächst Gesellschaft leisten. Morgen werdet ihr doppelt so lange arbeiten, also seht zu, dass ihr 'ne Mütze Schlaf abbekommt. Träumt was Schönes, harrharrharr!«

Als die Flut einsetzte, kam ein Unwetter auf. Der heulende Sturm trieb schwere Regenmassen vor sich her.

Hoch oben auf der Mauer senkte Martin den Kopf zum Schutz

gegen die Naturgewalten, die ihn umtosten. Mehr konnte er nicht tun, da er mit allen vier Pfoten zwischen zwei dicken Holzpfählen festgezurrt war. Der Regen klatschte gegen das einzige zerschlissene Kleidungsstück, das er noch am Leibe trug. Es klebte an seinem Körper und das Wasser rann ihm den Rücken hinab, drang in seine Ohren, strömte über seine Augen und lief an der Nase hinunter bis in den Mund. Peitschend fuhr das Unwetter auf seinen vornübergeneigten Kopf nieder. Seinen Körper, der zitternd im unaufhörlich anschwellenden Sturmwind erbebte, konnte er kaum noch spüren. Wie eine Marionette hing er im Wind.

Martins Gedanken wanderten zurück zu den Höhlen an der Nordwestküste, dem Ort seiner Geburt. Sein Vater war Lukas der Krieger. An seine Mutter konnte er sich nicht mehr erinnern. Sie war bei einem Seerattenüberfall getötet worden, als er noch sehr klein war. Lukas hatte ihn aufgezogen so gut er konnte, aber Lukas war ein Krieger und hatte sich der Ausrottung von Seeratten und Korsaren verschworen. Ein Baby aufzuziehen, war für ihn eine völlig ungewohnte Aufgabe.

Martins Eintritt ins Erwachsenenalter lag erst zwei Jahreszeiten zurück, als sein Vater und einige andere Krieger an der Küste eine große Schlacht gewannen, bei der sie eine Seerattengaleere erbeuteten. Berauscht vom Erfolg und getrieben von dem übermächtigen Verlangen, sich an den Mördern seiner Frau zu rächen, beschloss Lukas der Krieger, eine Mannschaft anzuheuern und mit seinem gekaperten Schiff gegen die Seeratten in den Krieg zu ziehen. Martin erinnerte sich daran, dass er zwar noch sehr jung war, aber dennoch den festen Entschluss gefasst hatte, seinen Vater zu begleiten. Lukas wollte allerdings nichts davon hören. Er hatte bereits entschieden, dass Martin in der Obhut von Windred, der Mutter seiner verstorbenen Frau, zurückbleiben sollte. Am Tag der Abfahrt saß Martin mit starrem Blick wie versteinert vor der Höhle. Lukas konnte ihn nicht zur Vernunft bringen.

»Mein lieber Sohn, du würdest da draußen auf hoher See keine zwei Mondläufe überstehen. Wenn ich dich in eine Schlacht gegen das Ungeziefer der Meere ziehen lasse, dessen Vernichtung ich mir zur Lebensaufgabe gemacht habe, dann setze ich leichtfertig dein Leben aufs Spiel. Das kann ich nicht! Höre auf meinen Rat. Ich weiß, was das Beste für dich ist!«

Aber Martin wollte nicht nachgeben. »Ich will auf dem Schiff mitsegeln und ein Krieger sein wie du!«

Lukas breitete seine Pfoten weit aus und seufzte niedergeschlagen. »Was soll ich nur mit dir machen, Martin? Von mir hast du die Seele eines Kriegers und von deiner Mutter die Entschlossenheit. Hör zu, mein Sohn. Ich möchte, dass du mein Schwert an dich nimmst.«

Es war ein Kampfschwert, das bereits in vielen Schlachten im Einsatz gewesen war. Lukas drückte es seinem Sohn in die Pfoten. Der junge Mäuserich starrte mit großen Augen auf die Klinge, die im Kampf so manchen Kratzer davongetragen hatte, und packte den Griff so fest, als wolle er ihn nie wieder loslassen.

Lukas lächelte und musste unwillkürlich daran zurückdenken, wie sein Vater das Schwert einst an ihn weitergereicht hatte. Er tippte mit der Pfote gegen den Kreuzschaft und sagte dann: »Ich kann sehen, dass du der geborene Kämpfer bist, Martin. Das Erste, was ein Krieger zu lernen hat, ist Disziplin.«

Martin schien es, als würde das Schwert zu ihm sprechen. »Sage mir, was ich tun soll, und ich werde gehorchen.«

Eine Woge der Erleichterung wallte in Lukas auf, als er dem angehenden Krieger seine Befehle erteilte. »Du wirst hier bleiben und unsere Höhle gegen jedweden Eindringling verteidigen. Ferner wirst du all jene beschützen, die schwächer sind als du, und stets getreu dem Ehrenkodex handeln. Greife nur zum Schwert, um für das einzutreten, was gut und richtig ist. Lasse dich niemals zu einer Tat hinreißen, der du dich schämen müsstest. Vor allem aber: Lasse dich niemals von deinem Herzen, sondern nur von deinem Verstand leiten.«

Er tippte erneut gegen die Klinge, deren abgenutzte Schneide im Licht des Wintermorgens schimmerte.

»Und lass dir dieses Schwert unter keinen Umständen abnehmen, verteidige es mit deinem Leben. Wenn die Zeit gekommen ist, wirst du es deinem Nachfolger übergeben, vielleicht sogar deinem eigenen Sohn. Du wirst instinktiv wissen, ob das Herz eines Kriegers in ihm schlägt. Wenn nicht, dann verstecke das Schwert an einem Ort, wo nur ein wahrer Krieger mit mutigem Herzen es jemals finden könnte. Schwöre mir, dass du es so machen wirst, Martin.«

»Ich schwöre es bei meinem Leben!« Das winterliche Meer spiegelte sich in den grauen Augen des jungen Mäuserichs, während er sprach.

Als Martins Gedanken wieder in die Gegenwart zurückkehrten, hob er den Kopf und blickte dem Sturm fest ins Angesicht. War es eine Träne oder nur der Regen, der ihm über das Gesicht rann, als er sich die kleine Gestalt ins Gedächtnis rief, die an jenem verschneiten Winternachmittag mutterseelenallein auf dem Kiesstrand stand und das Schwert erhob, um in Kriegermanier zu salutieren, während das Schiff des Vaters am Horizont inmitten der eisigen Gischt verschwand?

Martin ließ den Kopf auf seine durchnässte Brust sinken und dachte an den Tag seiner Gefangennahme zurück. Timballisto war mehrere Jahreszeiten älter als Martin und ebenfalls ein angehender Krieger. Lukas hatte ihm die Führung des Stammes übertragen. Martin war äußerst verärgert darüber, dass sein älterer Freund die Machtbefugnis erhalten hatte, und brachte dies immer wieder zum Ausdruck, indem er die sicheren Grenzen des Stammesgebietes verließ und lange Streifzüge an der Küste unternahm. So kam es, dass er eines Tages das Schwert seines Vaters an sich nahm und der Gezeitenlinie nordwärts folgte, bis sich der Winternachmittag seinem Ende entgegenneigte und die Dunkelheit einsetzte. Eifrig hackte er mit der großen Klinge auf einen angeschwemmten Baumstamm ein und versuchte, sich einzureden, dass man ihm schließlich keinen Vorwurf daraus machen könne, dass er Feuerholz beschaffte.

Windred sah ihn schon von weitem. Bereits seit dem frühen Nachmittag war sie seiner Pfotenspur gefolgt, die im glatten, feuchten Sand nicht zu übersehen war. Da Martin seine Schwertspitze stets neben sich durch den Sand schleifen ließ, verlief neben der Spur eine gerade Furche.

Laut schimpfend eilte Windred auf ihren Enkel zu. »Martin! Ich bin schon ganz krank vor Sorge um dich. Haben wir dir nicht verboten, allein umherzustreifen? Ist dir eigentlich klar, dass du schon fast eine ganze Wegstunde von den Höhlen entfernt bist?«

Urplötzlich brach Windred ihre Strafpredigt ab. Sie starrte an Martin vorbei auf eine Bande von übel aussehenden Gestalten, die am Ufer entlang auf sie zugestürmt kam. Die alte Maus warf ihr

Umhängetuch ab und rief: »Martin, komm her zu mir. Wir müssen so schnell wie möglich von hier weg. Beeil dich!«

Der junge Mäuserich drehte sich um und erblickte die Korsaren. Sofort ließ er das Feuerholz fallen und packte sein Schwert mit beiden Pfoten. »Lauf, Großmutter!«

Windred blieb vor Angst wie angewurzelt stehen. Sie wäre ohnehin nicht fortgelaufen. Die Schurken hielten, zwei Schritte von ihren Opfern entfernt, an. Der Anführer der Bande war ein Hermelin. Er grinste boshaft. »Das ist aber ein großes Schwert für so einen kleinen Mäuserich. Du solltest es lieber mir geben, bevor du dich noch verletzt.«

Das Schwert hatte ein beachtliches Gewicht, und Martins Pfoten waren schon ganz kraftlos, dennoch hielt er die Waffe fest gepackt und richtete ihre Spitze auf die Gegner, ohne zu wanken oder zu weichen. »Lasst uns in Ruhe! Bleibt, wo ihr seid! Mein Vater hat mir gesagt, dass ich mir das Schwert von niemandem wegnehmen lassen darf!«

Langsam begannen die Korsaren, Martin und Windred einzukreisen. Schließlich hatten sie ihre Opfer vollends eingeschlossen. Sie leckten an den Klingen ihrer Messer und Speere und starrten die alte Maus und den kleinen Möchtegernkrieger boshaft kichernd an. Das Hermelin trat einen Schritt vor und sprach mit trügerischer Freundlichkeit in der Stimme: »Dein Vater ist sehr weise. Hat er dir eigentlich jemals von Kämpfern erzählt, die mit einem einzigen Speerstoß töten können? Zum Beispiel so … oder so!« Noch während er sprach, hob der Hermelinanführer seinen Speer in die Höhe und begann, mit großer Gewandtheit auf Martin einzustechen. Der junge Mäuserich wehrte die Stöße ab. Inmitten des höhnischen Gelächters der grausamen Korsaren kämpfte er wacker gegen die Speerspitze, die immer wieder aus einer neuen Richtung auf ihn zukam.

Auf ein Kopfnicken des Hermelins fiel eines der Wiesel Martin in den Rücken. Es versetzte dem jungen Mäuserich einen schweren Schlag mit seinem Eichenspieß, der ihn flach in den Sand streckte. Böswill hob das Schwert auf. Er trat über den Körper des bewusstlosen Mäuserichs hinweg und zwinkerte Windred zu. Sie wurde von zwei Seeratten festgehalten, die sie gefesselt und mit ihrem eigenen Umhängetuch geknebelt hatten. Ihre Augen waren vor Entsetzen geweitet. Das Hermelin richtete das Schwert auf sie und musterte die Klinge.

»Tja, Großmutter, Euer Bürschchen ist ganz schön kühn, das muss ich schon sagen. – Hmm, ein schönes Schwert. Das wird mir bestimmt gute Dienste leisten. Zisch, wir haben genug Zeit verschwendet. Fessle die beiden hier und schaff sie zu den anderen Sklaven.«

Martin wurde an Windred festgekettet und dann halb mitgeschleift und halb getragen. Ihr Weg führte im schwächer werdenden Abendlicht an der winterlichen Küste entlang Richtung Norden.

In den frühen Morgenstunden, noch vor Tagesanbruch, erwachte Martin zitternd aus seiner Ohnmacht. Er stöhnte. Hämmernde Schmerzen erfüllten seinen Kopf wie eine Trommel, die einen feurigen Takt schlug. Er hörte Peitschen knallen und spürte, wie er von anderen Gefangenen hochgezogen wurde. Dann setzte sich die Reihe aneinander geketteter Sklaven in Bewegung.

Es folgte ein langer Marsch ... Zwei Jahreszeiten der Wanderschaft, getrieben von den Stock- und Peitschenhieben der Sklaventreiber, als Gefangener in einer endlosen Reihe elender Kreaturen, die alle durch Halsfesseln aneinander gekettet waren. Irgendwann hörte Martin auf, die Tage zu zählen. Sie kamen und gingen ohne Unterlass. Es wurde Frühling, Sommer und schließlich Herbst. Windred war schon vor langer Zeit dem Hunger, dem Durst und den gnadenlosen Peitschenhieben zum Opfer gefallen.

Martin konnte sich noch gut daran erinnern, wie er um die alte Maus getrauert hatte. Sie war wie eine Mutter zu ihm gewesen. Seine unterdrückten Tränen und die bleierne Last der Wehmut angesichts ihres Todes, das Gefühl der Einsamkeit und Verlassenheit ohne ihre tröstliche Gegenwart waren unvergessen. Sie hatte ein solch leidvolles Schicksal wahrlich nicht verdient. Martin begann, vor Wut zu zittern, als er an den Urheber all dieser Grausamkeit dachte:

Böswill!

Der lachende, höhnende, kommandierende Hermelinhalunke, der stolzen Schrittes mit dem Schwert daherkam, das er Martin abgenommen hatte.

Plötzlich wallte all die aufgestaute Wut in dem jungen Mäuserich auf und erfüllte ihn mit einer ungeheuren Kraft. Er bäumte sich auf und zerrte an seinen Fesseln. Der tosende Sturm, der auf ihn eintrommelte, war völlig vergessen, als ein gewaltiger Schrei tief aus seinem Inneren aufstieg.

»Ich bin ein Krieger! Ich bin Martin, der Sohn von Lukas! Ich werde weiterleben! Ich werde nicht aufgeben und hier oben sterben! Hast du mich gehört, Böswill? Ich werde weiterleben, damit ich das Schwert meines Vaters eines Tages wieder an mich nehmen und dich damit töten kann! Bööswiiiiiiiilll!!«

Sein Mund füllte sich mit Regenwasser und der brausende Sturmwind zerrte an seinem Gesicht.

»Martin, Sohn des Lukas, könnt Ihr mich hören?«, rief eine Stimme vom Strand außerhalb der Festung zu ihm herauf.

Er konnte nicht sehen, wer da zu ihm sprach, aber er hatte die Stimme trotz des heulenden Windes ganz deutlich vernommen.

»Ja, ich höre Euch. Wie lautet Euer Name?«

»Wir sind zu zweit: mein Freund Brummel Brotbrett, der Maulwurf, und ich, Späte Rose, Tochter des Oberhauptes Urran Voh. Wir haben Euch rufen hören. Könnt Ihr mir sagen, ob es unter den Gefangenen einen jungen Mäuserich namens Broom gibt? Er ist mein Bruder.«

Martin spürte, wie der tobende Sturm ihm allmählich die Sinne raubte. Er kämpfte dagegen an und rief zurück: »Ich kenne keinen Mäuserich namens Broom, und ich glaube nicht, dass ich jemals die Gelegenheit haben werde, ihn kennen zu lernen. Ich bin dazu verurteilt worden, hier oben zu sterben, Späte Rose.«

Die Antwort der Mäusemaid ertönte so liebenswürdig, wie es ihr unter den gegebenen Umständen möglich war.

»Späte Rose ist mein offizieller Name. Bitte sei so gut und sage Rose zu mir. Mein Freund und ich werden alles tun, was in unserer Macht steht, um zu helfen. Zu dir hinaufklettern können wir allerdings nicht, die Mauer ist zu glatt und zu hoch. Was können wir für dich tun? Sollen wir irgendjemandem eine Nachricht von dir überbringen?«

Martin schüttelte den Kopf. »Nein, keine Nachricht. Ich bin allein. Die Wachen haben gesagt, wenn ich diese Nacht überleben sollte, würden die großen Seevögel mir am Morgen den Garaus machen. Könnt ihr sie mir vielleicht irgendwie vom Leibe halten?«

Rose dachte einen Augenblick nach, bevor sie antwortete.

»Doch, das ist schon möglich. Wir sind zwar keine Krieger, aber wir können unsere Wurfschlingen einsetzen. Außerdem kenne ich noch einen Trick, mit dem man Seevögel verscheuchen kann.«

Sie wartete, aber es kam keine Antwort mehr. Brummel trat von der Mauer zurück auf den Strand, schirmte seine Augen gegen den strömenden Regen ab und spähte angestrengt zu der Gestalt empor, die in sich zusammengesunken war und wie leblos zwischen den beiden Pfählen hing.

»Hajaj, är duat sei B'sinnung v'rlora haba, wenn Yi mi fraga duat. Dr Arma!«

Rose stellte sich neben Brummel. Gemeinsam blickten sie zu der bewusstlosen Gestalt empor, die schlaff zwischen den Pfählen hin und her schaukelte, während die Naturgewalten mit unverminderter Heftigkeit an ihr zerrten und rüttelten. Die Mäusemaid suchte sich einen harten, runden Kieselstein und legte ihn in ihre Schleuder.

»Wir müssen ihm helfen, am Leben zu bleiben, wir müssen es einfach schaffen!« Ihre Unterlippe begann zu beben, als sie sprach. »Oooh, was ist dieser Böswill doch für ein grausamer, feiger, herzloser Schurke ...«

Brummel kicherte leise. »Na, des duat ja reiz'nde Ausdrück füra Mäusemädl seia, i muss scho saga. Harrharr, wenn är nur halb so übl g'launt seia duat wie Yi, Frolleinche, dann duat är's auf jeda Fall übrleba.«

3

Die Morgendämmerung hüllte den Himmel in ein perlmuttfarbenes Grau, das hier und da von altrosa und pfirsichfarbenen Strahlen durchbrochen wurde, als die Sonne nach dem nächtlichen Unwetter am östlichen Horizont aufging. Das Meer schimmerte trübe. Auf seiner ölig glänzenden, türkisfarbenen Oberfläche trieben in einiger Entfernung kleine Wellen, auf denen sich Schaumkronen kräuselten.

Böswill der Tyrann ließ sich seinen geschnitzten Thronsessel in den Innenhof tragen, von wo aus er das amüsante Schauspiel am besten verfolgen konnte. Garrad der Ratterich und Fetzenschädel der Fuchs standen zusammen mit zwei Wieseln namens Buckelrücken und Steifohr neben dem Hermelintyrannen bereit, um seine Befehle auszuführen. Böswill wies mit seinem Schwert auf Martins leblosen Körper.

»So stark, wie der aussieht, müsste er so ein bisschen Wind und Regen eigentlich überstanden haben. Garrad, geh hin und weck unser Dornröschen auf. Wenn er zu sich kommt und sich zu regen beginnt, werden die Vögel ihn schon bald entdecken.« Kichernd blickte Garrad zu den kreisenden Seevögeln empor, die sich nach und nach über der Festung einfanden.

»Wird gemacht, Herr. Sieht ganz so aus, als hätten die da oben wieder ma' 'nen gehörigen Appetit, was?«

Böswill nickte. »Mir ist noch kein Tölpel begegnet, der nicht hungrig war. He, was machst du denn da, Zisch? Du wirst die Sklaven doch jetzt nicht in den Steinbruch schicken! Sie sollen hier draußen Aufstellung nehmen und der Urteilsvollstreckung beiwohnen. Dann können sie mal sehen, wie es Burschen ergeht, die sich in meiner Festung danebenbenehmen.«

Garrad schlug Martin mit einem nassen Lappen ins Gesicht, bis der junge Mäuserich das Bewusstsein wiedererlangte. Dann hielt er dem Gefangenen einen Becher mit frischem Wasser an die Lippen und kicherte, als der Häftling gierig zu trinken begann.

»So isses recht. Schön austrinken, Mäuserich. Die Seevögel da oben werden schon bald zum Frühstücken runterkommen. Hihi, guck sie dir an, da sind ganz schön große Brocken dabei, was? Ihre langen, spitzen Schnäbel sind zum Reißen und Zerstückeln bestimmt genauso gut geeignet wie jedes Messer. Du wirst ihnen schmecken ...«

Martin gelang es, Garrad den letzten Rest des Wassers mitten ins Gesicht zu spucken.

Der Ratterich wich prustend zurück und zischte gehässig: »Hart im Nehmen, was? Nun, hoffentlich picken sie dir die Augen als Erstes aus!«

Als Martin einen Blick gen Himmel wagte, konnte er sehen, wie ein großer Tölpel zum Sturzflug ansetzte. Zwei graue Möwen begannen ebenfalls herabzustoßen. Andere folgten hastig ihrem Beispiel, um sich die Mahlzeit nicht entgehen zu lassen. Die nassen Seile, mit denen Martin festgezurrt war, schnürten ihm die Pfoten ab, die bereits stark geschwollen waren. Er zerrte heftig an seinen Fesseln und schloss seine Augen so fest er konnte, als er Garrads boshafte Bemerkung vernahm.

Aller Augen waren nun auf Martin gerichtet. Die entsetzten Sklaven, Böswills hämische Horde und die hungrigen Seevögel – alle starrten sie gespannt auf den Mäuserich. Es waren jedoch noch zwei weitere Augenpaare zugegen.

Rose und Brummel kauerten hinter einem Felsen, der mitten am Strand lag. Die junge Mäusemaid verfolgte aufmerksam das Geschehen, während sie langsam eine Pfote an ihren Hals legte und tief Luft holte. Die Vögel zogen immer tiefere Kreise und näherten sich der Gestalt, die sich auf der Mauer zwischen den Pfählen in ihren Seilen aufbäumte.

Brummel stieß seine Freundin an. »Herraja, nu duat koi Zeit v'rliera, duat Eu beeila, Frolleinche. D' Vög'l werdat Martn sonst zu Tode hacka. Ojoj, I dua ga nich mär hieseha könna!«

Brummel kniff die Augen fest zusammen, als die Seevögel zum Todesstoß ansetzten.

An jenem Tag war Böswill derart mit der Vollstreckung von Martins Todesurteil beschäftigt, dass er vergaß, das Ostmeer im Auge zu behalten. Weit draußen, bei zwei Grad nördlicher Richtung, erschien plötzlich ein Segel am östlichen Horizont. Der große, grüne Einmaster war aufgrund seiner Tarnfarbe vor dem Hintergrund des Meeres kaum zu erkennen. Auf der Backbord- und der Steuerbordseite ragten jeweils drei übereinander liegende Reihen von Rudern aus dem Rumpf, die dem Schiff das Aussehen eines monströsen, über die Wellen kriechenden Insekts verliehen. Das Schiff gehörte Böswills früherem Spießgesellen, einem Hermelin, mit dem er auf hoher See so manchen Mord und Verrat begangen hatte.

Es handelte sich um Tramon Pantine, den Käpt'n des großartigen Schiffes *Skarabäus!*

Pantine sah aus wie ein richtiger Schurke. Der Hermelinkäpt'n war unglaublich feist, kleidete sich in gefleckte, grellbunte Seidenstoffe und trug ein klobiges Paar geschnitzter Holzpantinen.

Sein Fell war über und über mit geflochtenen Zöpfen und Bändern verziert: der Bart, die Augenbrauen, der Schnauzer – jeder Zentimeter seines wuchtigen Körpers. Die Zöpfe und Bänder ragten aus den Rüschen seiner zerlumpten Ärmel hervor und quollen durch die Risse in seinem Hemd, seinem Mantel und seinen Beinkleidern, ja, sie wallten sogar über den Rand seiner übergroßen Holzpantinen. Er nagte an einem halb toten Hummer und trank schlürfend aus einem Krug mit Algengrog. Dann stieß er einen lauten Rülpser aus, spuckte Hummerschalenstücke in die Runde, warf seinen zerzausten Kopf zurück und brüllte zum Ausguck hinauf: »Wie sieht's aus da draußen, Sumpfer? Schon irgend'ne Form von Land in Sicht, Kumpel?«

Das scharfsichtige Frettchen im Krähennest spähte in die Ferne. »Nee, Käpt'n, nich' die geringste Spur von … Wartet ma' … doch … Land in Sicht!«

Der Hummerschwanz fiel Tramon Pantine aus dem offen stehenden Mund und verschwand im Ausschnitt seines Hemdes.

»Haharrharr, wusste ich's doch! Wo denn, Sumpfer, du alter Kielhund?«

»Bei zwei Grad südlicher Richtung, Käpt'n. Genau, und dann ragt da noch so 'n kleiner dunkler Fleck auf. Entweder isses 'ne Klippe oder 'n Gebäude.«

Pantine gluckste vor Zufriedenheit. Er zog ein breites Entermesser aus seiner Schärpe und begann, es an der Sohle seiner linken Holzpantine zu schärfen.

»Na, dann dreh ma' um zwei Grad bei, Grautsch. Ich geh jede Wette ein, dass Böswill sich da rumtreibt. Wenn nich', dann fress ich meine Holzpantinen, das schwör ich euch. Knirscher, sag der Mannschaft, sie soll 'nen Schlag zulegen. Beeil dich, Kumpel! Wir ha'm den Wind in uns'ren Segeln und die Strömung is' günstig. Wenn wir uns ranhalten, werden wir die Küste schon bald erreicht ha'm. Hohohoharrharr! Da wird sich mein alter Seekamerad Böswill aber freuen, wenn er seinen Großonkel Pantine nach so langer Zeit wieder sieht!«

Grautsch, der am Steuerruder stand, stieß ein boshaftes Gackern aus. »Freuen, sagt Ihr, Käpt'n? Ich schätze, Böswill wird auf der Stelle der Schlag treffen!«

Pantine schleuderte den leeren Grogkrug über Bord. »Und wenn nich', dann werd ich einfach 'n bisschen nachhelfen, haharr!«

Während die *Skarabäus* wie ein großer grüner Unheil verkündender Vogel beidrehte und Kurs auf Marschank nahm, sprach Tramon Pantine laut aus, was er dachte: »Wie ich Böswill kenne, wird er jede Menge Sklaven ha'm – viel zu viele für einen allein. 'n alter Kumpel wie er wird sicher nix dagegen ha'm, wenn ich ihm 'n paar gute Sklaven abziehe. Heiliger Höllenzahn, so kleinlich wird er schon nich' sein. Schließlich brauch ich Ruderer für die *Skarabäus*. Ich bin doch nu' wirklich 'n armer Schlucker, wo ich noch nich' ma' 'nen einzigen Sklaven für mein Schiff hab – und überhaupt schickt es sich auch ga' nich' für Korsaren und Seeratten, ihr eigenes Schiff zu rudern. Also werd ich einfach ma' bei ihm vorbeischaun und ihn ganz freundlich fragen, ob er uns nich' mit 'n paar Rudersklaven aushelfen kann. Böswill wird sie mir schon geben. Er is' ja eigentlich 'n ganz netter Bursche. Und wenn nich', tja, dann schlitz ich ihm eben den Bauch auf und nehm sie mir einfach. Dann wird sein Schädel meine neue Galionsfigur und mit dem Rest von ihm füttre ich die Fische. Is' doch 'ne gerechte Strafe, oder, Grautsch?«

Die beiden Piraten brachen in schallendes Gelächter aus. Pantine machte gern den einen oder anderen Scherz. Nur in diesem Fall war sein Scherz todernst gemeint. Er hasste Böswill.

Die Seevögel stießen gierig auf Martins schutzlosen Körper herab. Als sie nur mehr um Haaresbreite von seinem Kopf entfernt waren, zerriss ein wildes, ohrenbetäubendes Kreischen die Morgenluft. Halb klang es wie ein Pfeifen, halb wie ein Schrei. Sofort drehten die gefiederten Aasfresser ab und stiegen hoch in die Lüfte auf, wo sie wild durcheinander flatterten und schrille Laute ausstießen. Ein weiteres lautes Kreischen ertönte, worauf die Möwen und Tölpel hoch über Martin in noch größere Aufregung gerieten. Einige von ihnen waren offensichtlich so verstört, dass sie im Flug zusammenstießen.

Voller Erstaunen starrte Böswill gen Himmel. »Was ist denn mit denen los? Warum reißen sie ihn nicht in Stücke?«

Und wieder war das Kreischen zu hören. Es klang sogar noch lauter und wütender als die ersten beiden Male. Sofort drehten die Seevögel ab. Diesmal suchten sie endgültig das Weite.

Der Hermelintyrann war außer sich. »Was, zum Höllentor, geht hier vor sich?«

Ein Frettchen namens Blaufell, das aus dem fernen Norden stammte, kratzte sich verwundert am Ohr und rief: »Das is' der Jagdruf von 'nem Steinadler. Den kenn ich noch von früher!«

Garrad versetzte ihm einen verächtlichen Stoß. »Blödsinn! An dieser Küste gibt's überhaupt keine Steinadler.«

Eine kleine verwegene Dreizehenmöwe, die eben erst auf dem Schauplatz erschienen war, setzte ohne Umschweife zum Sturzflug auf Martin an. Im Nu zerriss das raue Kreischen erneut die

Luft. Die verängstigte Dreizehenmöwe schoss davon wie ein geölter Blitz.

Blaufell zuckte mit den Schultern und blickte überheblich auf Garrad herab. »Und ob das der Jagdruf von 'nem Steinadler is'! Darauf geh ich jede Wette ein.«

Der Ratterich hob drohend sein Speerende. »Hör zu, du Hohlkopf! Wenn ich dir sage, dass es an dieser Küste keine Steinad–«

»Garrad! Halt endlich die Klappe und mach, dass du herkommst!«

Der Ratterich brach seinen Streit mit dem Frettchen ab und huschte zu Böswill hinüber. Mit finsterem Blick starrte der Tyrann zum klaren blauen Himmel empor. »Ganz gleich, was es nun ist, auf jeden Fall jagt es den Seevögeln einen Riesenschrecken ein. Wir müssen sie irgendwie zum Mäuserich herunterlocken. Wir brauchen einen Köder, dem sie nicht widerstehen können. Hol mir einen toten Fisch aus der Feldküche.«

In aller Eile wurde Böswill der tote Fisch gebracht. Der Tyrann nahm sein Schwert und durchtrennte den Strick, mit dem der zerlumpte Kilt des Wiesels Buckelrücken zusammengehalten wurde, worauf der Stoff zu Boden glitt. Die Sklaven kicherten, als Buckelrücken plötzlich völlig entblößt vor ihnen stand. Er grinste verlegen. Ohne die missliche Lage des Wiesels weiter zu beachten, ergriff Böswill den Strick und warf ihn zu Garrad hinüber.

»Hier, binde den Fisch daran fest und häng dem Mäuserich das Ganze um den Hals. Mit dieser Mahlzeit werden wir die hungrigen Seevögel schon wieder herlocken, ganz gleich, ob sich hier ein Steinadler herumtreibt oder nicht.«

Von ihrem Versteck am Strand aus ließ Rose ihren Blick suchend über den Himmel schweifen. Nicht die geringste Spur von einem Seevogel war mehr zu sehen.

»Ein Glück, dass ich den Adlerschrei nicht noch einmal nachahmen muss, Brummel. Meine Kehle ist schon ganz rau.«

»Harrharr«, kicherte der Maulwurf. »I dua au froh seia, Frolleinche. Dr Ruf duat oim a gonz schöna Angst oijaga. Är hot ma übraupt nich g'falla, nänä.«

Brummel spähte über den Felsen hinweg zu Martin empor. »Frollein Rose, duat ama hieseha! Wos duat d' Schurka denn nu mit Martn a'stella?«

Die Mäusemaid ließ ihre geladene Schleuder kreisen. »Ich weiß es nicht, aber was es auch sein mag, wir müssen sie auf jeden Fall aufhalten!«

Garrad tat sein Möglichstes, um Martin den Strick, an dem der Fisch hing, über den Kopf zu streifen, aber der junge Mäuserich wich ihm immer wieder aus und setzte sich heftig zur Wehr. Der Ratterich verlor allmählich die Geduld.

»Jetzt halt endlich still, Mäuserich, sonst steck ich diesen Fisch mit meiner Speerspitze an dir fest!«

Klock!

Garrad stieß einen gequälten Schrei aus und ließ den Fisch fallen, als das Wurfgeschoss an seiner Pfote abprallte.

Böswill hatte den Stein nicht bemerkt. Er sah nur, dass Garrad den Fisch fallen ließ und, an seiner Pfote lutschend, auf und ab hüpfte. Der Tyrann sprang auf, stieß den Thronsessel hinter sich um und herrschte den unglückseligen Ratterich an: »Hör sofort auf, einen Narren aus dir zu machen! Leg ihm gefälligst die

Schlinge um den Hals, sonst komm ich rauf und gerb dir mit dem Fisch das Fell!«

Als Garrad sich bückte, um den Fisch aufzuheben, legte Brummel einen großen Stein in die Vertiefung seiner Schöpfkelle und zielte damit auf den Hosenboden des vornübergebeugten Ratterichs.

Wumm!

Der Stein traf genau ins Schwarze und katapultierte Garrad geradewegs von der Mauer. Er stürzte in die Tiefe und landete mit einem Ekel erregenden dumpfen Aufprall unten im Innenhof.

Böswill tat einen Satz nach vorne, fuchtelte mit seinem Schwert in der Luft herum und rief den Umstehenden zu: »Rauf auf die Mauer, schnell! Da draußen schleudert irgendjemand mit Steinen!«

Scharenweise drängten seine Hordenmitglieder die breiten Holzleitern zur Brustwehr empor.

Gammelnase und Zisch erreichten sie als Erste. Sofort wurden sie von heransausenden Steinen getroffen. Zisch ging bewusstlos zu Boden, während Gammelnase sich niederkauerte und sein schmerzendes Brustbein rieb. Böswill wich einer weiteren Salve aus, indem er halb in die Hocke ging. »Könnt ihr sehen, aus welcher Richtung die Steine kommen?«, rief er den anderen zu.

Fetzenschädel richtete sich auf und spähte zum scheinbar verlassenen Strand hinab. »Da draußen muss sich jemand versteckt haben, Herr!«

Unten, in der Ecke des Innenhofes, wo die Sklaven Aufstellung genommen hatten, beschloss Felldoh, der große Eichhörnchenjüngling, in den Kampf einzugreifen. Geduckt ließ er sich hinter die letzte Reihe der Gefangenen zurückfallen, wobei er mehrere große Kieselsteine aufhob. Mit einer Kraft, die von seiner angestauten Wut herrührte, warf er mit einem großen, kantigen Stein nach Fetzenschädels Hinterkopf. So oft hatte Felldoh unter Fetzenschädels Stockhieben zu leiden gehabt! Nun hatte er endlich die Gelegenheit, es dem grausamen Fuchs heimzuzahlen.

Der durch die Luft zischende Stein verfehlte sein Ziel. Er flog dicht an Fetzenschädels Kopf vorüber, riss dabei jedoch die Hälfte seines linken Ohrs ab. Felldoh schleuderte sofort zwei weitere Steine, dann ließ er die Pfoten schnell sinken und blickte erstaunt in die Runde, als sähe er sich selbst nach dem Übeltäter um.

Während Fetzenschädel vor Schmerzen schrie, sprang Steifohr auf, wies hinab in den Innenhof und rief aufgeregt: »Die Steine kommen von drinnen, der Angreifer hockt in unserer eigenen Festung!«

Klack!

Ein von der Strandseite kommender Stein traf ihn mitten im Rücken.

Gammelnase, der sich noch immer seine Brust rieb, grinste höhnisch und rief Steifohr zu: »Blödsinn! Sie kommen vom Strand her. Wenn ich's dir doch sage! Mich hat's doch auch erwischt … Aaaautsch!«

Ein Stein aus dem Innenhof verletzte ihn am Schwanz. Auf der Mauer herrschte heillose Verwirrung. Böswill und seine Anhänger konnten nicht feststellen, aus welcher Richtung die Geschosse eigentlich kamen. Der Tyrann warf sich flach auf die Mauer und hob leicht den Kopf. Den Strand konnte er aus seiner Bauchlage nur undeutlich erkennen. Das Meer sah er dafür umso besser. Bei dem Anblick, der sich seinen scharfen Augen bot, drehte sich ihm unwillkürlich der Magen um. Er begann zu fluchen. Ein weiterer kurzer Blick bestätigte Böswill, dass er sich nicht getäuscht hatte. In Windeseile kroch er zur Leiter. Gleichzeitig rief er mit heiserer Stimme: »Alle Mann sofort in die Festung, aber ein bisschen plötzlich! Schneidet den Mäuserich von da oben los und bringt ihn mit.«

»Aber Herr, wir glauben, dass da draußen jemand hinter den Felsen hockt und uns mit Steinen bewirft …«

Böswill warf Gammelnase einen giftigen Blick zu und zischte: »Tu, was ich dir sage, du Einfaltspinsel. Was sind schon ein paar Steine? Wir haben im Moment wirklich andere Sorgen. Da draußen ist Tramon Pantine, er hat mit seiner *Skarabäus* direkten Kurs auf uns genommen!«

Allmählich hatte Brummel alle Steine, die gut in seine Schöpfkelle passten, verschossen.

Plötzlich zeigte Rose zur Brustwehr hinauf. »Sieh doch, sie haben die Nase voll. Sie schneiden Martin los und ziehen sich in die Festung zurück. Den Jahreszeiten sei Dank, dass wir dem armen Mäuserich helfen konnten, was, Brummel?«

Der Maulwurf wischte sich über die Stirn und machte es sich in ihrem Versteck am Strand bequem, indem er sich mit dem Rücken gegen die Felsen lehnte und die heiße Vormittagssonne auf seinen Pelz scheinen ließ.

»Hajaj, Jung, Jung, wi duat des Ung'ziefra gonz schön aus dr Fassung brocht haba. I dua 's dena mit mei alta Kell abr g'zeigt haba, harrharr!«

Rose musste unwillkürlich lächeln, als sie ihren treuen Gefährten so reden hörte. »Das hast du wirklich, Brummel. Deine

Schöpfkelle ist zu wesentlich mehr nütze, als nur zum Supperühren.«

Brummel hörte jedoch nicht mehr zu. Er blickte aufs Meer hinaus und zeigte mit ausgestrecktem Arm auf die *Skarabäus*, die unaufhaltsam näher kam.

»Duat ama hieseha, Frolleinche. Des duat Seeratta un Ung'ziefra seia, do duats koi Zweifl geba!«

Die Mäusemaid wurde von einem eisigen Gefühl der Angst ergriffen. Korsaren! Sie hatten diesen Küstenstreifen nur sehr selten heimgesucht, aber die Geschichten von den Morden und anderen Gräueltaten, mit denen die vom Meer kommenden Plünderer in Verbindung gebracht wurden, waren noch immer in aller Munde. Hastig suchten sie ihre Habe zusammen.

»Wir sollten schleunigst machen, dass wir hier wegkommen, Brummel. Los, wir verstecken uns im Sumpfgebiet hinter der Festung.«

Käpt'n Tramon Pantine war allerbester Schurkenlaune. Er führte einen unbeholfenen Freudentanz auf, bei dem seine Holzpantinen lärmend übers Achterdeck klapperten.

»Haharrharr! Ich erkenn die Flagge, die da drüben über dem Gemäuer am Strand weht. Oh, was für 'n Glückstag! Wusste ich's doch, ich konnte es förmlich in meinen Pantinen spürn! Hat der gute alte Böswill, mein Schiffskamerad längst vergangener Jahreszeiten, sich doch tatsächlich 'n Schloss aus Stein baun lassen, als wär das so gang und gäbe. Wie viele arme, kleine Sklaven wird er wohl gebraucht ha'm, um so 'n Gemäuer hochzuziehn, was meinste, Kreuzzahn?«

Ein bösartig aussehender Fuchs, der sich in purpurrote Tücher gehüllt hatte, kratzte sich nachdenklich am Kinn. »Hmmm, ich schätze ma': 'ne Menge, Käpt'n.«

»Du denkst also, es is' 'ne Masse?«

»Genau, 'ne Masse.«

»Was is' denn mehr, Kreuzzahn, 'ne Menge oder 'ne Masse?«

»Also, wenn Ihr mich so fragt, Käpt'n, würd ich sagen, 'ne Masse, denn das is' 'ne ganze Menge!«

»Haharrharr, das haste trefflich gesagt, Kumpel. Hol du schon ma' die Waffen, während ich mir 'nen Plan für die Wiedersehensfeier mit meinem alten Schiffskameraden Böswill zurechtlege!«

Schwankend stand Martin auf seinen geschwollenen Hinterpfoten. Seine Arme waren noch immer gefesselt. Böswill saß auf seinem Thronsessel, verengte die Augen zu Schlitzen und betrachtete den Gefangenen, der seiner Strafe zunächst einmal entgangen war.

»Hmm, du hast wirklich Schneid, Martin. Das habe ich ja schon einmal gesagt. Hör zu! So einen wie dich könnte ich in meiner Mannschaft gut gebrauchen.«

Martin kniff die Augenlider zusammen und blickte den Tyrannen finster an. Als er hörte, was für einen Vorschlag ihm das Hermelin zu unterbreiten hatte, spürte der junge Mäuserich, wie ihn langsam die Wut packte.

»Wie würde es dir gefallen, Hauptmann in meiner Horde zu werden? Du bekämst nur das allerbeste Essen, hättest Sklaven, die du nach Belieben herumkommandieren könntest – ja, ich würde dir sogar einen Speer zur Verfügung stellen, wenn du mir, als deinem Herrn, die Treue schwören würdest. Nun? Was sagst du dazu, mein Junge?«

Martin gab keine Antwort. Seine Pfoten waren zwar taub von den straff gespannten Fesseln, doch sein Zorn war entfacht und seine Kiefer waren kräftig. Wie der Blitz warf er sich auf Böswill und schlug seine Zähne derart kraftvoll in dessen ausgestreckte Pfote, dass die Wunde bis auf den Knochen ging.

Der Tyrann brüllte vor Schmerz. Sofort stürzten sich die Wachen auf Martin. Einige von ihnen hebelten seine Kiefer mit einer Messerklinge auf, während andere mit Stöcken und Speerenden wie wild auf ihn einschlugen, bis der junge Mäuserich in die Knie sackte.

Böswill schüttelte schmerzverzerrt seine Pfote, sodass das Blut in alle Richtungen spritzte. Zwischen zusammengebissenen Zähnen stieß er hervor: »Wenn ich erst mit dir fertig bin, wirst du dir wünschen, dass die Tölpel dir den Garaus gemacht hätten, Freundchen. Oh, keine Sorge: Sterben wirst du auf jeden Fall – nur nicht so schnell, sondern Stück für Stück, sodass du den Tod am Ende kreischend herbeiflehen wirst. Schafft ihn fort und sperrt ihn ein. Ich werde mich um ihn kümmern, sobald ich Pantine losgeworden bin!«

Im Innenhof, links vom Haupttor, befand sich eine tief in die Erde gegrabene Gefängnisgrube, die mit einem schweren Eisengitter verschlossen war. Das Gitter quietschte, als es beiseite geschoben wurde. Martin, dessen Pfoten noch immer an seinen Körper gefesselt waren, wurde hinabgeworfen. Er stürzte ins Dunkel und landete mit einem gedämpften Aufprall auf etwas Weichem. Ein Ächzen ertönte, dann half ihm jemand auf die Pfoten, während ein anderer seine Fesseln löste.

Eine raue Stimme drang an sein Ohr: »Martin, na wenigstens bist du noch am Leben. Ich bin Felldoh, das Eichhörnchen.«

Der junge Mäuserich rieb seine Pfoten aneinander und verzog das Gesicht, als das Blut wieder richtig zu zirkulieren begann. Der Eichhörnchenjüngling rubbelte und massierte ihm die schmerzenden Glieder, bis er sie schließlich einigermaßen mühelos bewegen konnte. Martin erkannte Felldoh wieder. Er wusste, dass zwischen ihm und dem Eichhörnchenburschen eine Art Seelenverwandtschaft bestand. Sein Gegenüber war ebenfalls ein geborener Rebell, der schon immer das Missfallen des herrschenden Ungeziefers erregt hatte und nun endgültig in Ungnade gefallen war.

»Felldoh, was machst du denn hier unten?«

»Ich harre aus, bis es dem Tyrannen beliebt, seine Späßchen mit mir zu treiben, genau wie du, Martin. Steifohr, diese niederträchtige Kröte, hat gesehen, wie ich mit Steinen nach ihm geworfen habe, als er auf der Mauer stand. Aber egal, schließlich hast du meinen alten Herrn gerettet. Da war das doch das Mindeste, was ich für dich tun konnte, Kumpel.«

Martin tastete in der Finsternis nach der Pfote des großen Eichhörnchens und ergriff sie. »Du bist ein wahrer Freund, Felldoh. Ich danke dir!«

Sie setzten sich beide auf den harten Boden der Grube, der aus festgetretener Erde bestand. Plötzlich spürte Martin eine Bewegung zu seiner Rechten und erstarrte, dann vernahm er eine leise, gedämpfte Stimme, deren Echo durch die Grube hallte.

»Was wird Böswill denn nun mit uns machen?«

Martin spähte ins Dunkel. »Wer spricht da?«

Felldoh streckte die Arme aus, ergriff die Pfoten der beiden und führte sie zusammen. »Martin, dieser junge Bursche war bereits da, als ich hier unten eintraf. Sein Name ist Broom.«

»So, so, das ist also Broom«, sagte Martin.

Er war jünger und kleiner als Martin und Felldoh, und sein dünnes Stimmchen klang verängstigt. »Ich habe niemandem etwas getan. Ich hatte mich verlaufen und tappte eines Nachts ziellos am Strand entlang, als die Wachposten auf der Mauer mich entdeckten, gefangen nahmen und hier hineinwarfen. Haben sie Euch auch gefangen genommen, Martin? Werden sie uns jemals wieder hier herauslassen?«

Martin tätschelte dem kleinen Burschen die Pfote, zerzauste ihm gutmütig die Ohren und sagte beruhigend: »Halte du dich am besten an uns, Broom. Wir werden dich hier schon wieder herausbekommen. Als ich oben auf der Mauer zwischen den Pfählen hing, wurde mir von zwei Seiten geholfen: Felldoh warf vom Innenhof aus mit Steinen und deine Schwester Rose vom Strand aus. Sie ist irgendwo da draußen, zusammen mit einem Maulwurf namens Brummel. Ich verdanke ihnen mein Leben.«

Broom ergriff Martins Pfote. »Rose und Brummel! Hahaha, guter alter Brummel! Ich wusste, dass sie mich finden würden. Mit den beiden da draußen und Euch und Felldoh hier drinnen werden wir doch leicht entkommen. Das wird das reinste Kinderspiel!«

Die Freude und Erleichterung in der Stimme des Kleinen war so überwältigend, dass Martin von einer Welle des Mitgefühls für ihn ergriffen wurde. Er stieß Felldoh in der Dunkelheit an und erwiderte mit einer Zuversicht, die er nicht wirklich empfand: »Recht hast du, das wird das reinste Kinderspiel, nicht wahr, Felldoh?«

Das gutmütige Eichhörnchen legte den beiden Gefährten die Arme um die Schultern und ging auf Martins gespielte Tapferkeit ein.

»Na klar, Jungs. Drei Krieger wie wir, die obendrein noch Hilfe von außen erhalten? Pah, wenn Böswill uns zum Abendessen verspeisen will, wird er von uns nur noch eine Staubwolke vorfinden. Wir werden nämlich längst auf und davon sein. Wir Freunde halten zusammen!«

Kurze Zeit später schlief Broom ein. Er hatte es sich zwischen Martin und Felldoh behaglich gemacht. Ihre Augen hatten sich inzwischen an die Dunkelheit gewöhnt und so saßen sie da und blickten einander an.

»Das reinste Kinderspiel, was? Hmm, wann hast du eigentlich das letzte Mal ein Kinderspiel gespielt, Kumpel?«

»Oh, das ist schon lange her, Felldoh, mein Freund. Soweit ich mich erinnere, waren einige der Spiele ganz schön knifflig. Aber zu schaffen waren sie immer.«

»Stimmt, mit etwas Hilfe von außen haben wir vielleicht eine winzige Aussicht auf Erfolg.«

Martin gähnte und machte es sich neben Broom bequem. »Ich brauche erst einmal etwas Schlaf. Wenn man in einem Unwetter auf einer Mauer angebunden ist, bekommt man nicht allzu viel davon. Wir werden uns später etwas einfallen lassen, mein Freund. Schließlich können wir den Kleinen hier doch nicht enttäuschen!«

Felldoh saß da und lauschte dem leisen Schnarchen seiner beiden Gefährten. »Ja, ja, lassen wir uns später etwas einfallen«, kicherte er leise in sich hinein. »Wir lassen uns einfach Flügel wachsen und besiegen Böswill und seine Horde mithilfe eines Maulwurfs und einer Mäusemaid. Bei meinem buschigen Schwanz, warum habe ich diesen genialen Einfall eigentlich nicht schon viel früher gehabt?«

4

Während die *Skarabäus* in der Bucht vor Anker lag, wurden vier große Beiboote an den Strand gezogen und oberhalb der Gezeitenlinie zurückgelassen. Die Piraten kamen an Land. Käpt'n Tramon Pantine wurde von den barbarischen Halunken, aus denen sich seine Mannschaft zusammensetzte, begleitet, als er stolzen Schrittes die Festung Marschank betrat.

Böswill hatte zu beiden Seiten des Weges schwer bewaffnete Soldaten aufgestellt. Sie hielten ihre Speere fest umklammert und starrten das zusammengewürfelte Gesindel von der *Skarabäus* finster an.

Tramons Holzpantinen klapperten krachend über den Boden, als er plötzlich sein Entermesser zog und unter ausgelassenem Gebrüll zum Scheinangriff auf Böswills Soldaten überging. Erschreckt wichen sie zurück, worauf Pantine ihnen schalkhaft zuzwinkerte.

»Haharr, hab ich euch doch glatt bei 'nem Nickerchen erwischt, Kumpels. Ihr spielt hier die Landratten und merkt ga' nich', dass ihr alle schon ganz verweichlicht seid. He, wen ha'm wir denn da? Froschbiss, Kneifwurz und Flohfluch. Is' schon 'ne Menge Wasser unterm Kiel dahingeflossen, seit wir zusammen auf See war'n. Ihr seid ganz schön dick geworden, richtig wohlhabend seht ihr inzwischen aus.«

Pantine stolzierte auf das lange Holzhaus des Tyrannen zu und trat mit dem Schuh gegen die Tür. »Jemand zu Hause? Isses 'nem armen Seebär'n, der in letzter Zeit von 'ner Pechsträhne verfolgt wird, erlaubt einzutreten?«

Der Wieselhauptmann Zisch öffnete schwungvoll die Tür und verkündete würdevoll: »Tretet ein, Käpt'n, mein Herr wird Euch mit Vergnügen empfangen.«

»Sooo! Wird er das. Nein, wie reizend von ihm!«, rief ein Seeratterich namens Ölrücken kichernd zu Zisch gewandt.

Böswill wusste, dass er sich auf ein gefährliches Spiel einließ, aber zwischen ihm und Pantine waren Heimtücke und Verrat schon immer an der Tagesordnung gewesen. Jeder der beiden Hermelinschurken war nach besten Kräften bemüht, seine Furcht vor dem anderen zu verbergen und möglichst so zu tun, als seien sie alte Freunde. Daher eilte Böswill nun auf seinen einstigen Kumpanen zu, drückte ihn fest an sich und fiel in seine frühere Korsarensprache zurück.

»Sieh an, sieh an! Da soll mich doch einer kielholn, wenn das nich' Käpt'n Tramon Pantine is'. Wie geht's dir, du alter Wellenhund?«

Tramon klopfte seinem Gegenüber kräftig auf die Schulter und grinste von einem Ohr zum anderen. »Hallo, Böswill, mein alter Schiffskamerad! Potz Peitschenhieb, gesund und munter wie 'n Fisch im Wasser siehste aus. Ach, wie gut es meinen alten Augen tut, dich wiederzusehn, mein Bester. Guck ma', was ich dir mitgebracht hab!«

Auf ein Zeichen von Pantine stellten zwei seiner Seeratten ein Fass kopfüber auf den Tisch und schlugen den Boden ein, damit sie den Inhalt ausschöpfen konnten. Dann füllten sie zwei Becher und reichten sie den beiden Hermelinen. Böswill führte das Getränk schnell zum Mund, hielt dann jedoch verstohlen inne, bis Pantine einen großen Schluck aus seinem Becher getrunken hatte. Die Flüssigkeit rann an den geflochtenen Zöpfen hinab, die das

Kinn des Hermelinpiraten zierten, als dieser sein Getränk geräuschvoll hinunterstürzte.

»Das is' Pflaumenwein, Kumpel. Der beste, den's gibt – und alles nur für uns zwei beide!«

Als Böswill schließlich trank, nahm er nur einen kleinen Schluck. »Großartig, das Zeug. Du wusstest doch schon immer, wie du an 'nen guten Tropfen rankommst, du alter Halunke.«

Pantine wandte sich von Böswill ab, warf sich in den Thronsessel des Tyrannen und legte seine Hinterpfoten mit den Holzpantinen geräuschvoll auf den Tisch.

»'s is' wie in alten Zeiten, was?«

Böswill ließ sich auf der Tischkante nieder und lächelte. »Oh ja, genau wie in alten Zeiten, Kumpel!«

»Was meinste wohl, wie lange es her is', dass wir uns das letzte Mal gesehn ha'm?«, fragte Pantine augenzwinkernd, nahm wieder einen kräftigen Schluck und grinste.

Böswill nippte an seinem Becher und schürzte die Lippen. »Viel zu lange, würd ich sagen, Tramon. Es is' gut, dich wiederzusehn.«

Noch während sie mit dem Theaterspiel fortfuhren, glitt Pantines Pfote wie zufällig in die Nähe seines Entermessers. Böswill drehte unterdessen den Knochengriff eines langen Dolches in seinen Pfoten.

»Ich weiß noch genau, wie's beim letzten Mal war: Ich war auf 'nem Riff gestrandet, und du hast dich einfach aus dem Staub gemacht und zweimal zwanzig Sklaven mitgenommen, von denen die Hälfte von Rechts wegen mir gehörte.« Aus der Stimme des Piraten war nun ein drohender Unterton herauszuhören.

Böswill setzte eine Unschuldsmiene auf und blickte ihn zutiefst gekränkt an. »Ich soll weggesegelt sein und dich zurückgelassen ha'm? Das glatte Gegenteil is' der Fall, wenn ich mich recht entsinne. Wir gerieten in 'nen heftigen Sturm und wurden vom Kurs abgetrieben. Dann erlitten wir Schiffbruch und ich verlor meine Sklaven. Nich' ein einziger von ihnen war mehr übrig. Als du dich dann nich' hast blicken lassen, musste ich mir eben selbst helfen. Also zog ich über Land, bis ich diesen Ort hier erreichte.«

An dieser Stelle fand das Schwelgen in Erinnerungen ein abruptes Ende. Im Nu war jegliche Heiterkeit verflogen. Pantine schleuderte seinen Becher gegen die Wand und stand auf.

»Ach ja? Dann guck dir doch ma' an, wie du heute dastehst, wenn ich bitten darf! Als Lord Böswill herrschst du über 'ne prächtige Festung und bestimmt über 'ne ganze Schar von Sklaven. Da geh ich jede Wette ein. Ich will nur ha'm, was mir sowieso zusteht. Ich bin gekommen, um mir meinen Anteil abzuholn!«

Böswill sprang auf und trat seinem Feind Auge in Auge gegenüber. »Ich hab für alles, was ich mir hier aufgebaut hab, verdammt hart arbeiten müssen, Pantine. Dein Anteil is' ga' nix und das wirste auch kriegen!«

»Habt ihr das gehört, Jungs?« Der Hermelinpirat zog seine Klinge. »Na, dann woll'n wir diesem boshaften Schwabber doch ma' zeigen, dass wir nich' zum Betteln hierher gekommen sind. Wir sind hier, um genügend Sklaven mitzunehmen, dass wir die Ruder auf allen drei Decks der *Skarabäus* mit ihnen bemannen können!«

Unter wildem Gebrüll zogen Pantines Piraten ihre Waffen. Sie hielten sich bereit, um jederzeit zuzuschlagen.

Der Tyrann verlor keine Zeit. Pfeilschnell trat er Pantines Klinge beiseite und packte das Hermelin bei dessen geflochtenem Bart, während in seiner anderen Pfote ein Dolch aufblitzte, der Tramons Kehle gefährlich nahe kam.

»Eine einzige Bewegung und mit eurem Käpt'n isses aus! An dieser Klinge klebt Gift. Ein einziger Kratzer würde schon reichen. – Zisch!«

»Die Bogenschützen ha'm das Quartier umzingelt, Herr«, rief der Wieselhauptmann, der im Türeingang stand. »Sie ha'm ihre Giftpfeile im Anschlag. Von diesem Ungeziefer wird keiner die Festung lebend verlassen.«

Pantine hielt seine Mannschaft mit hocherhobener Pfote zurück. »Wartet mal, nich' so hastig, Jungs. Nehmt die Waffen wieder runter.«

Zwar verzog sich der Mund des Piraten noch immer zu einem Lächeln, aber Böswill konnte die unbändige Wut spüren, die sich hinter Pantines grinsendem Gesicht verbarg, als dieser nun zu ihm sprach: »Du hast gewonnen, Kumpel. Ich hätt allerdings nie gedacht, dass du so 'ne gemeine List anwenden würdest. Wer Giftwaffen gegen 'nen früheren Schiffskameraden einsetzt, is' wirklich das Letzte. Du kannst deinen Dolch runternehmen. Ich werd in Frieden abziehn und wieder auf mein Schiff zurückgehn.«

Böswill blieb am Haupttor stehen, bis auch der letzte Korsar seine Festung verlassen hatte. Der Tyrann war äußerst zufrieden mit sich, denn schließlich war es ihm gelungen, seinen Gegner ohne jedes Blutvergießen zu überlisten. Wäre es innerhalb der Mauern von Marschank zu einem Kampf gekommen, dann hätte es auf beiden Seiten beträchtliche Verluste gegeben. Die Bogenschützen richteten ihre Pfeile auf Pantine, als dieser seinem Feind mit erhobener Pfote drohte: »Das is' nu' schon das zweite Mal, dass du mich aufs Kreuz legst, Böswill. Beim dritten Mal werd ich *dich* zur Strecke bringen. Ich geh jetzt, aber das eine lass dir gesagt sein: Ich komm wieder, also leg dich lieber nich' auf die faule Haut, Kumpel. Eines Nachts, wenn du am allerwenigsten damit rechnest, werd ich mich im Schutz der Dunkelheit in deine Festung schleichen und dann werd ich dir die Kehle durchschneiden, dir deine Sklaven rauben und dies schicke Gemäuer über deinem Kadaver anzünden. Da geb ich dir mein Wort drauf!«

Aufgrund der großen Unruhe und Aufregung, die der Besuch der Piraten mit sich gebracht hatte, wurden die Gefangenen erst am späten Abend mit Nahrung versorgt. Unter der Aufsicht von Garrad trug ein junger Otter namens Keyla eine Schale mit Küchenabfällen zur Grube, wo er niederkniete und die Essensreste durch das Gitter zu den Gefangenen hinabwarf. Eine kühle Brise wehte vom Meer landeinwärts und Garrad zog seinen Umhang fröstelnd um sich. Er wollte so schnell wie möglich zurück ans Feuer. Dort gab es gegrillten Fisch und dazu den Pflaumenwein, den Pantine zurückgelassen hatte.

Der Ratterich versetzte Keyla einen kräftigen Stoß. »He, du da, mach mal 'n bisschen zu. Es is' kalt hier draußen!«

Keyla zuckte die Achseln, ließ sich auf dem Gitter nieder und fuhr fort, die Abfälle Stück für Stück durch die Eisenstäbe zu stecken.

»Kalt, sagt Ihr? Ich finde es hier draußen eigentlich ziemlich warm. Ihr seht aber auch wirklich ein wenig mitgenommen und kränklich aus. Habt Ihr vielleicht Fieber?«

»Fieber? Ich hab kein Fieber.« Der Ratterich erzitterte und begann zu schniefen.

Garrad war ziemlich verblüfft, als der junge Otter sich erhob, ihm den Umhang zurechtzog und feststeckte, damit er es etwas wärmer und angenehmer hatte.

»Das kann man nie wissen, Herr. Diese Seeratten bringen immer so allerhand Krankheiten mit, wenn sie an Land kommen. Warum geht Ihr nicht hinein, setzt Euch ans Feuer und genehmigt Euch einen schönen Becher Wein, hm? Ich werde mich schon um diese Trottel hier kümmern. Pah, mit ihrem unmöglichen Benehmen machen sie uns anderen Sklaven doch wirklich nur das Leben schwer, diese schwachköpfigen Blödiane. Lauft Ihr ruhig schon vor, Herr. Ich werde diese drei hier schon versorgen.«

Garrad zögerte einen Augenblick, doch als die nächste Windböe ihn erfasste und er erneut erschauderte, schien die Entscheidung gefallen zu sein.

»Hör zu, ich geh schon mal rein und wärm mich 'n bisschen auf. Halt dich aber nich' zu lange hier draußen auf, und wenn du fertig bist, machst du der Gefängniswache sofort Meldung, verstanden?«

Keyla nahm vor dem Ratterich Haltung an und salutierte zackig. »Keine Sorge, Herr. Ich brauche auch meinen Schlaf. Es wird nicht lange dauern. Beeilt Euch lieber, Eure Augen sehen schon ganz trübe aus.«

Das ließ sich Garrad nicht zweimal sagen. Der Ratterich war restlos davon überzeugt, dass er fieberte, und so rieb er sich die Augen und hastete zitternd davon.

Der Otter kicherte leise in sich hinein, drückte sein Gesicht an das Grubengitter und rief hinab: »Felldoh, ist mit dir alles in Ordnung?«

Der Eichhörnchenjüngling stellte sich auf Martins Schultern

und zog sich an der Grubenwand hoch, um möglichst dicht an die Eisenstäbe heranzukommen.

»Keyla, mein Freund, hör mir gut zu: Es gibt etwas, das du für mich tun kannst.«

Rose und Brummel standen an der Gezeitenlinie und blickten der *Skarabäus* hinterher, deren Kielwasser silbrig glänzte, als sie wendete und in südöstlicher Richtung aufs offene Meer hinaussegelte.

»Hajaj, Frollein Rose, wos duat Yi v'rmuta, wos des Ung'ziefra g'wollt haba duat?«

Rose warf einen Kieselstein ins seichte Wasser. »Ich habe keine Ahnung, Brummel. Aber was es auch immer gewesen sein mag, besonders fröhlich sahen sie nicht aus, als sie von dannen zogen.«

Die beiden Gefährten gingen zur Festungsmauer zurück und blieben vor dem Haupttor an jener Stelle stehen, von der aus Rose mit Martin gesprochen hatte. Die Mäusemaid blickte zu den beiden Pfählen empor, deren lose Seilenden vom Nachtwind hin und her geweht wurden.

»Hoffentlich ist Martin nichts geschehen. Es sieht Böswill wirklich ähnlich, sich so eine grausame Strafe auszudenken. Wie kann man es nur übers Herz bringen, ein armes Geschöpf mitten in einem Unwetter dort oben festzu–«

Brummel hatte seine Pfote erhoben und bedeutete ihr, still zu sein. »Schsch, Rose. Duat Yi 's au höra? Da duat jemand singa.«

Keyla hatte eine tiefe, tragende Stimme, die wunderschön klang und weithin zu hören war. Rose und Brummel lauschten seinem Lied, das über die Mauer hinweg an ihr Ohr drang.

»Ich kenne einen Mäuserich, der Martin wird genannt,
und einen jungen Burschen, der als Broom mir ist bekannt.
Die Ungezieferwachposten, sie fingen ihn einst ein,
als er am Strand spazieren ging und fern war von daheim.
Wenn ihr mich gut verstehen könnt, so sagt es mir sofort,
denn ich sing schon die halbe Nacht an diesem finstren Ort.«

Rose weinte fast vor Freude. Da sie eine gute Sängerin und Balladendichterin war, konnte sie umgehend antworten. Brummel ächzte leise, als sie ihm vor Begeisterung um den Hals fiel, während ihre klare Stimme sich klagend über die Nachtbrise erhob.

»Ich komme aus dem Mittagstal, als Rose kennt man mich;
der Stamm von Urran Voh lebt dort, zu dem gehöre ich.
Mein Bruder ist besagter Broom, ich hab nur ihn allein,
auch Martins Namen kenne ich, konnt' ihm behilflich sein.
Ach bitte, guter Freund, so hört, wir brauchen Euren Rat!
Wir möchten beide gern befrein, doch wie plant man die Tat?
Wir wissen leider keinen Weg, wie man das Werk vollbringt,
drum hoffen wir, dass Ihr uns sagt, wie es uns wohl gelingt.«

Die Antwort bestand aus ein paar hastig gesungenen Zeilen, die jedoch klar und deutlich zu vernehmen waren.

»Die Ungezieferwache kommt, so laufet nur schnell fort!
Zur gleichen Stunde morgen Nacht bin ich an diesem Ort.«

Rose und Brummel hörten auf die Warnung und zogen sich sofort zurück. Sie suchten Schutz hinter dem Felsen, der ihnen schon einmal an jenem Tag als Zufluchtsort gedient hatte.

Flohfluch und Gammelnase, die beiden Wiesel, kamen forschen Schrittes herbeigeeilt und packten Keyla unsanft am Kragen.

»Was soll die Singerei, Otter? Hier gibt's nix zu singen.«

»Genau, Sklaven singen nich'. Und überhaupt, was hast du da eigentlich gesungen?«

»Na ja, wisst ihr, Garrad dachte, er hätte Fieber«, erklärte Keyla, »deswegen ging er nach drinnen und überließ das Versorgen der Gefangenen mir. Als ich ihnen ihr Essen runtergeworfen hatte, dachte ich mir, dass es vielleicht besser wäre, wenn ich eine alte Beschwörungsformel der Otter singen würde, um die Festung vor Krankheiten zu bewahren.«

»Beschwörungsformeln singst du? Was is' denn das für 'n Hokuspokus!«, höhnte Flohfluch.

Gammelnase hingegen war abergläubisch und hatte schreckliche Angst vor Krankheiten. »Isses überhaupt nich'. Na los, Otter, sing's noch mal.«

Keyla tat ihm den Gefallen, dachte sich allerdings neue Zeilen aus, während er sang.

»Oh Geist der Jahreszeiten, der Land und Meer vereint,
dich ruf ich an, denn nur du kannst uns helfen, wie mir scheint.
Vor Klauenkrampf und Schnupfenschnauzen lass uns sicher sein
und sei so gut, uns von Gelenk- und Wundschmerz zu befrein.

Du guter Geist, weißt, was es heißt, wenn man daniederliegt, drum sorg dafür, dass niemand hier 'ne Schnurrhaarreizung kriegt.
Bewahre uns vor Schlotterpfoten, Gransch und Flördschi Twist und mach, dass diese Festung stets vor Krankheit sicher ist.«

»Pah! Gransch und Schlotterpfoten, was fürn Blödsinn!«, spottete Flohfluch lautstark. »Und hat man schon jemals von Flördschi Twist gehört?«

Keyla sah das Wiesel bestürzt an. »Ihr wisst nicht, was Flördschi Twist ist?«

»Nein, und es is' mir auch egal!«

Keyla rückte dicht an die beiden Wachposten heran und flüsterte mit vertraulichem Unterton: »Vor langer Zeit kannte ich mal einen großen, starken Igel, der sich über Flördschi Twist lustig machte. Armer Bursche, man hat ihn nie wieder lachen hören!«

Der junge Otter blickte derart ernst drein, dass es den Wieseln den Atem verschlug.

»Beachte Flohfluch ga' nich' weiter, Jungchen. Er is' 'n Dummkopf«, flüsterte Gammelnase entschuldigend. »Sing du ruhig weiter deine Beschwörungsformeln und häng zusätzlich noch eine für mich ran, ja?«

Als die beiden Wachposten ihren Rundgang wieder aufnahmen, hatten sie ihr Streitgespräch noch immer nicht beendet.

»Schlotterpfoten und Gransch, wer's glaubt, wird selig!«

»Hör ma', du solltest dich lieber nich' über Sachen lustig machen, von denen du nix verstehst. Guck dir nur ma' diese Stelle an deinem Ohr an – das könnte vielleicht schon das erste Anzeichen für Gransch sein.«

»Was für ’ne Stelle? Wo?«

»Na, da! Da is’ so ’ne gelbe Stelle an deinem linken Ohr. Siehste sie denn nich’?«

»Wie sollte ich wohl mein eigenes Ohr sehn können, du Schwachschädel? – Äh, sieht’s denn schlimm aus?«

»Na ja, am Anfang dieser Jahreszeit war sie jedenfalls noch nich’ da. Es is’ wohl das Beste, wenn wir die Worte von dieser Beschwörungsformel auswendig lernen. Wie war das doch noch gleich?

Vor flördschigen Pfoten und Schlotterschnurrhaar schütz uns,
guter Geist,
da da di da und wenn der Gransch uns in den Gliedern
reißt ...«

»Selber ›da da di da‹, du Geröllhintern. So ging das doch überhaupt nich’!«

Laut lachend schlenderte Keyla zum Verschlag zurück.

5

Auf Böswills Befehl hin wurde ein Wachposten aufgestellt, der Tag und Nacht auf der Mauer patrouillierte und nach Tramon Pantine Ausschau hielt. Böswill zweifelte nicht im Geringsten daran, dass der Pirat zurückkehren würde. Diesmal würde er sogar noch viel fester dazu entschlossen sein, sich zu rächen und die Festung einzunehmen. Zusätzliche Wachen beaufsichtigten die Sklaven bei ihrer Arbeit im Steinbruch, beim Fischfang oder beim Anbau des Getreides, mit dem die Horde ernährt werden sollte.

Die Aufseher hatten sich von Borkenhans, Felldohs Vater, erweichen lassen, ihn zum Küchendienst einzuteilen. Er hielt Augen und Ohren offen und besprach dann des Nachts im Sklavenverschlag mit den anderen, was er herausgefunden hatte. Martins offener Widerstand gegen Böswill, aber auch Felldohs Steinwürfe hatten die Stimmung unter den Gefangenen spürbar verändert. Keyla, Borkenhans und ein Igel namens Stechginster waren ein wenig kühner als die anderen, und so wurden sie schon bald zu Rädelsführern einer rebellischen kleinen Gruppe, die sich jeden Abend im Verschlag am Lagerfeuer versammelte. Borkenhans hatte einen klugen Kopf auf seinen alten Eichhörnchenschultern, und wenn er das Wort ergriff, schenkte ihm jeder Gehör.

»Wir müssen alles tun, was in unserer Macht steht, um Felldoh, Martin und auch Broom, dem anderen kleinen Mäuserich, zur Flucht zu verhelfen. Wenn sie den Weg in die Freiheit geschafft haben, dann werden sie alles Mäusemögliche tun, um Böswill zu besiegen und uns alle zu befreien. Da bin ich mir ganz sicher! Felldoh und Martin sind die Einzigen, die es jemals gewagt haben, dem Tyrannen die Stirn zu bieten. Ich bin überzeugt davon, dass sie uns auf keinen Fall hier in Gefangenschaft dahinsiechen lassen werden, wenn sie erst einmal draußen sind!«

Zustimmendes Gemurmel ertönte von all jenen, die gekommen waren, um der Versammlung beizuwohnen.

Eine Maus namens Portulak, die neben ihrem Gatten und ihrem kleinen Kind saß, rief: »Wir stehen Euch zur Seite, Borkenhans. Sagt uns, was wir tun sollen.«

»Schafft zusätzliche Nahrung für sie herbei, damit sie bei Kräften bleiben«, antwortete Keyla anstelle des alten Eichhörnchens. »Besorgt Schalentiere und Garnelen, wenn ihr zum Fischfang eingeteilt seid, Getreide oder Obst, wenn ihr auf den Feldern arbeitet. Wenn ihnen der Ausbruch gelingen soll, müssen sie in guter körperlicher Verfassung sein.«

Eine Otterfrau namens Tallgruh meldete sich zu Wort. »Und wenn man im Steinbruch arbeitet, so wie ich? Wie kann ich helfen?«

»Behindere die Arbeit, komm ihnen bei jeder Gelegenheit in die Quere, arbeite so langsam, wie du nur kannst«, antwortete Stechginster. »Wenn irgend möglich, dann versuche, Dinge zu stehlen, die uns als Waffe dienen können: Werkzeuge, scharfe Tonscherben, Steine, alles Mögliche. Eines Tages werden wir sie vielleicht brauchen.«

»Hört nicht auf sie. Sie werden uns alle nur in Schwierigkeiten bringen.«

Borkenhans erhob sich und ließ seinen Blick über die Sklaven schweifen. »Warst du das eben, Druhp?«

Ein mürrisch dreinblickender Rötelmäuserich, der sich hinter anderen Gefangenen zu verbergen versuchte, hob den Kopf. »Ja, das war ich!«

Tallgruh ging zu ihm hinüber, packte ihn und stellte ihn aufrecht hin. »Dann versteck dich nicht hinter dem Rücken anderer und murre vor dich hin! Steh auf, trete vor und sag frei heraus, was du zu sagen hast, anstatt dich hier hinten herumzudrücken!«

»Na mach schon, Druhp, nur heraus mit der Sprache!«, rief Stechginster und nickte dem Rötelmäuserich zu.

Als Druhp zu sprechen begann, war sofort klar, auf wessen Seite er stand. »Wir sind Sklaven, und es ist immer noch besser, am Leben zu sein, als sich bei irgendwelchen törichten Unternehmungen töten zu lassen. Böswill und seine Horde sind uns haushoch überlegen. Wenn ihr jetzt damit anfangt, Fisch, Getreide und Werkzeug zu stehlen, werden wir alle am Ende dafür bestraft. Ich will aber nicht für die Dummheit anderer bezahlen müssen. Auf mich könnt ihr bei euren Plänen jedenfalls nicht zählen!«

Portulak warf mit einem Stück Feuerholz nach Druhp. »Halt bloß deine kleine Klappe, du wehleidiges Etwas. Ich hab dich bei den Wachen herumlungern und mit ihnen tratschen sehen. Du bist eine Petze, Druhp, ein richtiger Speichellecker!«

Erbostes Gemurmel ertönte aus der Menge. Borkenhans bat mit hocherhobener Pfote um Ruhe. Als sich die Aufregung etwas gelegt hatte, trat er dem Rötelmäuserich gegenüber.

»Leider können wir deine Wenigkeit bei unseren Plänen nicht völlig außer Acht lassen, Druhp. Du bist einer von uns. Daher wird alles, was wir unternehmen, auch dich in Mitleidenschaft ziehen und jede Entscheidung, die du triffst, wird zwangsläufig auch für uns Folgen haben. Gemeinsam können wir wie ein Fluss sein, der ruhig und zugleich kraftvoll seinem Lauf folgt. Selbst ein kleiner Fluss kann große Felsen abtragen. Wenn du uns jedoch zersplitterst, dann werden wir zu einzelnen Wassertropfen, die durch eine einzige Pfotenbewegung jederzeit in sämtliche Winde verstreut werden können. Entweder bist du auf unserer Seite oder du hältst zu Böswill und seiner Horde. Es gibt nur diese beiden Möglichkeiten.«

Druhp wich Borkenhans' Blick aus und sah zu Boden. »Ich bin mein eigener Herr. Ich ergreife für niemanden Partei. Lasst mich mein Leben so leben, wie ich es für richtig halte.«

Borkenhans brachte die aufgeregt murmelnden Sklaven mit einem Knurren zum Schweigen. »Einverstanden, Druhp. Hier wird niemand gezwungen, sich uns anzuschließen. Du kannst dich meinetwegen abkapseln, aber ich warne dich, Rötelmäuserich: Wenn Böswill und seinen Kreaturen auch nur ein Laut über unsere Unternehmungen zu Ohren kommt, werde ich dich dafür zur Rechenschaft ziehen. Und wenn das geschieht, dann ist das dein Todesurteil. Darauf gebe ich dir mein Wort!«

Druhp verließ die Gruppe und zog sich in eine verlassene Ecke des Verschlages zurück. Die nun folgende Stille wurde schließlich von Keyla unterbrochen.

»Tja, das wär's dann wohl für heute Abend. Ich mach mich mal auf die Socken. Es wird Zeit, die Gefangenen zu versorgen, müsst ihr wissen.«

Rose und Brummel lagen hinter dem Felsen und beobachteten die Festung Marschank. Sie konnten nichts weiter ausrichten. Seit die beiden Wachposten auf der Mauer standen und nach Tramon Pantine Ausschau hielten, war es ihnen nicht einmal mehr möglich, sich dem Tor zu nähern.

Die Mäusemaid schüttelte verzweifelt den Kopf. »Solange die beiden da oben sind, können wir mit unserem Freund keine Verbindung aufnehmen. Was sollen wir denn nur tun, Brummel?«

»I dua 's für des Best halta, doss ma abwarta un uns nich vom Fleck rühra dua. Eur Freund duat a schlaur Bursch seia. Är duat sich scho wos oifalla lossa, Frollein. Yi werdat 's seha, haja.«

In der Festung zerbrach der junge Keyla sich unterdessen den Kopf, wie das Problem zu lösen sei. Während er die Essensreste durch die Gitterstäbe steckte, beriet er sich flüsternd mit den Gefangenen unten in der Grube.

»Oben auf der Mauer stehen jetzt Wachposten, Kumpels. Es wird schwierig werden, unseren Freunden da draußen Mitteilungen zukommen zu lassen. Habt ihr vielleicht eine Idee?«

»He, du da unten, was gibt's da zu flüstern? Redest du etwa mit den Gefangenen? Wenn ja, dann zieh ich dir gleich meinen Speergriff über den Rücken!«

Keyla breitete seine Pfoten aus und rief beschwörend: »Ich war es nicht, Herr. Ich habe kein Wort gesagt. Das waren die armen Kerle in der Grube. Sie haben mir zugerufen, dass sie Fieber haben und herausgelassen werden wollen.«

Froschbiss und Kneifwurz, die beiden Wachratten, tauschten viel sagende Blicke. Die Nachricht kam für sie völlig überraschend.

»Fieber! Wusste ich's doch, Kumpel. Garrad hat gestern Abend gezittert wie Espenlaub. Er hat am Feuer gesessen und Wein getrunken, und heute Morgen is' er in seiner Koje geblieben, weil sein Kopf ihm so wehtat.«

»Ach was! Das kommt nur, weil er zu viel Wein in sich reingeschüttet hat. In dieser Festung gibt's kein Fieber, Kumpel.«

»Ach nein? Und was is' dann mit dem alten Flohfluch los? Er hat 'nen großen gelben Fleck an seinem Ohr. Heute Nachmittag hat er sogar geblutet!«

»Pah, das liegt daran, dass der alte Esel ständig an der Stelle rumgekratzt hat, damit sie verschwindet. Nee, nee, in dieser Gegend gibt's kein Fieber, das kannste mir ruhig glauben.«

»Das habe ich ja auch gesagt, Herr«, rief Keyla zu ihnen empor. »Aber die drei hier unten sind fest davon überzeugt, dass sie an irgendeinem Fieber, einer Seuche oder sonst was Schrecklichem erkrankt sind. Kommt doch herunter und seht sie Euch mal an, Herr.«

»Was gehn uns so 'n paar gammlige Gefangene an«, höhnte Kneifwurz. »Wir sind hier oben, damit wir uns um andere Dinge kümmern.«

»Hört her«, flüsterte Keyla seinen Freunden zu, »sie können Kranke nicht daran hindern, im Fieberwahn herumzuschreien. Wenn Rose da draußen ist, wird sie euch hören.«

Unten in der Grube ergriff Martin die Pfoten seiner Freunde. »Wer von euch hat die lauteste Stimme, Kumpels?«

Broom blähte seine kleine Brust auf. »Lasst es mich mal versuchen, hört her!«

Er formte seine Pfoten zu einem Trichter und brach in ein lautes, durchdringendes Geheul aus: »Kann jemand, irgendjemand mich hören? Helft uns, bei uns hier unten ist Fieber ausgebrochen!«

Martin und Felldoh mussten sich die Ohren zuhalten. Der junge Bursche hatte Lungen wie ein Blasebalg und heulte wie ein verletzter Wolf.

»Hilfe, zu Hilfe! Wir sterben am Fieber. Was ist los mit euch, hört ihr mich denn nicht?«

Kneifwurz ballte die Pfoten und knirschte mit den Zähnen. »Und ob wir dich hörn! Wenn du nich' sofort still bist, komm ich runter und trete dir auf den Schwanz, bis er blau anläuft!«

»Oh ja, bitte tut das, Herr«, heulte Broom noch lauter als zuvor. »Bitte, Herr, tretet uns, schlagt uns ruhig – Hauptsache, Ihr kommt herunter und seht Euch an, wie schlecht es uns geht. Wir sterben langsam am Fieber. Dieses Loch hier ist total verseucht. Kommt herunter und seht selbst!«

Froschbiss lief ein kalter Schauer über den Rücken. »Nie und nimmer! Ich geh jedenfalls nich' da runter und lass mich anstecken.«

Kneifwurz war ganz seiner Meinung. »Ich auch nich', Kumpel. Meinetwegen können sie brüllen und schreien, so viel sie wollen. Ich werd nich' eine einzige Pfote in ihre Nähe setzen.«

Rose lehnte sich hemmungslos kichernd zurück. Ihr standen Lachtränen in den Augen.

»Hihihi! Das ist mal wieder typisch für meinen kleinen Bruder. Weißt du noch, wie er bei uns zu Hause immer so herumgekreischt und -geschrien hat, um bei Mutter seinen Willen durchzusetzen?«

»Haja, i dua mi sär gut dra ärinnera, Frollein. I dua ma immr Gras in d' Ohra g'stopft haba. Sei Stimm duat kräftig seia wie eh un je. Wenn dr Kloi Fieber hot, dua i a Kaulquapp seia!«

Rose legte ihre Pfoten an die Kehle, warf den Kopf zurück und stieß ihren Adlerschrei aus.

Brummel zuckte zusammen und hielt sich beide Ohren zu. »Du mei Güt, wos duat des nur für a lautstarka Sipp' seia. Nu duat Meistr Broom gonz sichr wissa, doss ma 'n höra könna, Frollein.«

Und wieder durchdrang der Adlerschrei die Nacht.

Broom klatschte begeistert in die Pfoten. »Das ist meine Schwester Rose, daran besteht kein Zweifel. Sie kann jeden Adlerschrei nachahmen.«

Martin klopfte Broom anerkennend auf die Schulter. »Großartige Arbeit, mein Junge. Rose kann uns hören! Gut, dann halte dich bereit, um ihr eine Nachricht zu übermitteln.«

Kneifwurz, der noch immer auf der Mauer stand, drohte Keyla mit seinem Speer. »Du bist schuld an dem ganzen Theater, Otter. Hör dir das an, jetzt ha'm sie auch noch den Adlervogel aufgeschreckt. Mach bloß, dass du da wegkommst! Geh in den Verschlag zurück. Du hast hier schon genug Unheil angerichtet!«

Keyla wusste, dass er seine Aufgabe erfüllt hatte. Martin und seine Freunde hatten nun die Möglichkeit, aus eigener Kraft Verbindung mit den Freunden vor der Festung aufzunehmen. Fröhlich grinsend trottete der junge Otter davon, während die beiden Wachposten auf der Mauer noch immer miteinander stritten.

»Ich hör mir diesen Lärm jedenfalls nich' die ganze Nacht an.«

»Ach nein? Na, dann sorg doch dafür, dass sie die Klappe halten.«

»Ich? Pah, ich werd schön hier oben bleiben, Kumpel!«

»Tja, und ich auch, Kumpel. Dann bleibt uns wohl nix andres übrig, als den Krach zu ignoriern und weiter nach der *Skarabäus* Ausschau zu halten.«

»Den Krach ignoriern? Du machst wohl Witze! Hör dir das doch mal an!«

»Rosie, Rosie, Rosie, Brummel, Brummel, Brummel! Hört michann, hört michann!«

Wieder ertönte der Adlerschrei. Rose und Brummel hörten zu.

Kneifwurz und Froschbiss schlugen die Kragen ihrer zerlumpten Mäntel hoch, steckten sich die Spitzen in die Ohren und konzentrierten sich so gut es ging darauf, das Meer zu beobachten.

Gekonnt ließ Broom sein Geheul ertönen, um auf diese Weise die Nachricht zu übermitteln.

»Stellt euch vors Tor, direkt in die Mitte.
Oje, ich sterbe am Fieber!
Geht dann gen Süd etwa zwanzig Schritte.
Es ist so schrecklich, das Fieber!
Wir sitzen zu dritt in dem scheußlichen Loch.
Das Fieber, oh Graus, das Fieber!
Etwas tiefer als drei Mäuse ist es noch.
Es bringt mich um, dieses Fieber!
Wir brauchen die Klauen von einem Freund.
Das Fieber, oh nein, das Fieber!
Brummel, du schaffst es, dann sind wir vereint.
Lasst mich nicht sterben am Fieber!«

Einen Augenblick herrschte Ruhe, dann ertönte dreimal der Adlerschrei. Rose hatte die Nachricht verstanden.

Friedliche Stille legte sich über den Kiesstrand, die erschöpften Wachposten auf der Mauer und das Meer, das von den Sternen erhellt wurde. Nur das ablaufende Wasser war noch zu hören, dessen kleine Wellen sanft ans Ufer plätscherten. Froschbiss zog sich die Spitzen seines Kragens aus den Ohren. Kneifwurz folgte dem Beispiel seines Kumpels.

»Haach! Einfach herrlich, diese Stille!«

»Oh ja, ich glaub, der Adlervogel hat ihnen so 'nen Schrecken eingejagt, dass es ihnen die Sprache verschlagen hat. Nu' is' endlich Ruhe.«

»Ruhe, was für 'n wunderschönes Wort.«

»Es wär noch viel schöner, wenn du dein Plappermaul mal halten würdest, dann könnte man die Ruhe wenigstens genießen.«

Rose hatte alles Wichtige mit einem Stück Kohle, das am Strand lag, auf einen glatten Felsen geschrieben. Sorgfältig las sie Brummel die Anweisungen vor.

»Stellt euch direkt in die Mitte vors Tor und geht etwa zwanzig Schritte nach Süden. Broom sagt, sie sitzen zu dritt in einem Loch, das etwas tiefer ist als drei Mäuselängen. Wenn wir, besser gesagt: Wenn du nach zwanzig Schritten zwei Mäuselängen in die Tiefe graben und von dort aus einen gerade verlaufenden Tunnel anlegen würdest, dann müsstest du früher oder später so etwa in Kopfhöhe zu ihnen durchstoßen. Meinst du, dass du das schaffen kannst, Brummel?«

Der Maulwurf spannte die Muskeln seiner riesigen Grabklauen. »Ob i 's schaffa kaa, Frollein? Könnat Vögl am Himml fliega? Könnat d' Fisch im Mär schwimma? Harrharr, des wär noch leichtr, als d' kloi Apflschnitta Eur Mama zu v'rspeisa!«

»Wenn es dir gelingt, Broom zu retten, dann werde ich nach unserer Rückkehr ins Mittagstal persönlich dafür sorgen, dass meine Mutter dir mehr Apfelschnitten bäckt, als du verdrücken kannst.« Die Mäusemaid stürzte sich auf Brummel und begann, sein samtenes Rückenfell gegen den Strich zu streicheln.

»Ohoohooharrharr, Frolleiche. So duat doch aufhöra! 's duat so kitzla, hoohooharrharr!«

6

Fetzenschädel, der Fuchs, sah zu, wie Böswill seine Zähne in einen gebratenen Seevogel schlug und in großen Zügen von dem guten Pflaumenwein trank, den Pantine ihm mitgebracht hatte.

Als der Hermelintyrann sich satt gegessen und ausgetrunken hatte, tupfte er sich die Lippen behutsam mit einem Ampferblatt ab und nickte Fetzenschädel zu.

»Ich erwarte deinen Bericht.«

Der Fuchs schluckte schwer und begann zu sprechen, wobei er unentwegt von einer Pfote auf die andere trat. Es war nicht ungewöhnlich, dass Böswill diese Wirkung auf andere ausübte. Seine Stimmung konnte sich in Sekundenschnelle ins Gegenteil verkehren und seine Launenhaftigkeit war den Hordenmitgliedern nur allzu vertraut.

»Herr, bisher gibt es noch keine Spur von Pantine und seinem Schiff. Die Wachen sind Tag und Nacht auf ihrem Posten und lassen das Meer nicht aus den Augen. Die Gefangenen in der Grube leiden an irgendeiner Krankheit, Herr. Es könnte eine Art Fieber sein. Blaufell und Buckelrücken verschaffen sich einen Überblick über unsere Waffen. Ansonsten ist alles ruhig und in bester Ordnung. Mehr gibt es nicht zu berichten.«

Böswill schenkte sich noch etwas Wein nach. »Fieber – so, so! Das muss Broom, dieser junge Mäuserich, eingeschleppt haben. Schade! Und dabei wollte ich an den dreien ein Exempel statuieren. Ich hatte mich schon so auf den Spaß gefreut. Immerhin wird das Fieber den Sklaven eine gute Lehre sein. Wirf jeden, der gegen die Regeln verstößt, in die Grube, damit er sich ansteckt. Was für ein genialer Einfall: Dann kriegen die Sklaven das Fieber von ihresgleichen. Da können sie uns ja schließlich keinen Vorwurf draus machen, was, Fetzenschädel? Hahahaha!«

Zögerlich stimmte der verängstigte Fuchs in das Gelächter seines Herrn ein. Ganz plötzlich verstummte Böswill und ließ sein Gegenüber allein weiterlachen. Fetzenschädels halbherziges Kichern wurde unter dem kalten Blick des Tyrannen immer leiser.

»Gerade eben hatte ich noch so einen Geistesblitz, Fetzenschädel. Wenn meine Festung bis zum Ende des Sommers nicht fertig ist, könnte ich ja auch ein paar meiner Hauptleute in die Fiebergrube werfen lassen. Da könnten sie dann ungestört vor sich hin rotten. Die Aussicht darauf dürfte sie wohl ein bisschen in Schwung bringen, was meinst du?«

Fetzenschädel spürte, wie seine Pfoten unwillkürlich zu zittern begannen. »Eine g-g-ganz g-großartige Idee, Herr!«

Rose wartete, bis die Wachposten auf der Mauer abgelöst wurden, denn bei jedem Wachwechsel gab es immer einen recht langen Zeitraum, in dem die Mauer unbemannt war. Diesen nutzte sie, um zum Tor der Festung zu schleichen. Sie stellte sich genau in die Mitte und maß dann die vorgegebene Entfernung ab. Als sie zwanzig Schritte Richtung Süden gegangen war, zog sie ein Stück Holzkohle hervor und hinterließ an der Mauer eine Markierung. Dann huschte sie schnell wieder hinter den Felsen, wo Brummel auf sie wartete. Er wies mit einer Kopfbewegung zu dem Kreuz hinüber, das die Steine der Festungsmauer zierte.

»Duat 's des nu seia, Frollein Rose?«

Sie nickte und sah zu, wie er im Geiste das Gelände vermaß. Rose wusste, dass Brummel seine Aufgabe schnell und lautlos erledigen würde. Im ganzen Land gab es keinen kräftigeren Gräber als ihren Freund.

Der Maulwurf kratzte sich an der Spitze seiner Knopfnase. »Hajaj, leicht duat 's nich werda, abr schwär au nich, Frollein. Duat Yi d' Felsa do drüba seha?«

Es war ein weiterer frei stehender Felsen, ähnlich wie der, hinter dem sie sich bisher versteckt hatten. Rose ließ sich Brummels Plan erklären. »Dr Felsa do duat g'nau auf oinr Linie mit Eur Markierung liega. Do dua i mit däm Graba a'fanga. Auf diesa Weis könnat d' Wachposta auf dr Maur uns nich seha un Yi könnat d' Erd aus däm Tunn'l hintr däm Felsa v'rteila.«

Es war ein meisterhafter Plan. Im Nu waren sie von einem Felsen zum anderen gehuscht. Brummel warf einen letzten Blick auf die Markierung an der Mauer, kniff die Augen zusammen und murmelte Berechnungen vor sich hin. Dann legte er seine beiden schweren Grabklauen auf die Erde und sagte einen Spruch auf, der ihm Glück bringen sollte:

»Tunnl, Schächt un Ärdarbeita
möga stets des Glück b'gleita.
Maulwürf, duat's Besta geba,
Graba seiat 's Größt im Leba.«

Rose konnte angesichts der Schnelligkeit und Kraft, mit der ihr Freund zu Werke ging, nur staunen. Brummel grub senkrecht in die Tiefe hinein und verschwand unter einer Fontäne aus Steinen und Sand, die mit der Zeit immer breiter wurde. Die Mäusemaid setzte sich auf den Boden und nutzte die Wartezeit, indem sie ein Haferbrötchen aus der Proviantasche zog und daran zu knabbern begann. Dazu trank sie schlückchenweise kalten Pfefferminztee aus einer Feldflasche.

Schon bald rief Brummel zu ihr hinauf: »Duat hiera nuntrspringa, Frolleinche. Duat Eu beeila!«

Ohne lange zu überlegen, sprang sie ins Loch. Brummel fing sie mühelos auf und setzte sie behutsam ab. Während sie noch hinaufsah, brummte er bereits: »Ho haja, des duat g'nau zwoi Mäuslänga seia.«

Er hatte Recht, die Grube war genau zwei Mäuselängen tief.

»Hiera, duat Eu auf mei Kopf stella un 'nausklettra, Rose. 's duat nich nötig seia, doss Yi Eu schmutzig macha duat. Wos würdat Eur Mama un Papa wohl saga, wenn i Eu gonz v'rdreckt hoimbringa würd. Nä oh nä!«

Brummel half der Mäusemaid zur Oberfläche hinauf, wo sie sogleich damit begann, den Sand und die Steine, die um das Loch aufgehäuft lagen, möglichst weiträumig zu verteilen. Der Maulwurf grub unterdessen Stufen in die Seitenwand.

Brummel schüttelte sich den Sand von der Schnauze und begutachtete seine Arbeit: »Sär kunstvoll duat 's nich ausschaua, abr 's werdat reicha müssa, haja.«

Dann machte er sich daran, vom Grund des Loches aus durch die Seitenwand zu brechen, und begann in gerader Linie zur Mauer einen Tunnel anzulegen. Er war schneller als jedes Maulwurfsgespann im ganzen Mittagstal.

Nach seinem Gespräch mit dem Tyrannen stand Fetzenschädel noch geraume Zeit hinter Böswills Holzhaus und bemühte sich, dem Zittern seiner Pfoten Herr zu werden. Neben dem Haus kniete ein Rötelmäuserich und zupfte gemächlich das Unkraut, das an der Seite des Gebäudes wucherte. Der Fuchs beobachtete ihn eine Weile, dann rief er ihn zu sich.

»Druhp, komm mal her!«

Der Rötelmäuserich tat, als ob er ihn nicht gehört habe, bewegte sich bei der Arbeit jedoch langsam auf Fetzenschädel zu, bis er dicht neben ihm hockte. Der Fuchs, der sichergehen wollte, dass sie nicht beobachtet wurden, blickte sich aufmerksam um und murmelte dann aus dem Mundwinkel: »Nun? Was gibt's Neues aus dem Verschlag zu berichten, Kumpel?«

»Ich bin weder Euer Kumpel noch der von irgendjemand anderem«, entgegnete Druhp, ohne aufzublicken. »Im Verschlag ist so einiges im Gange, aber wenn Ihr Genaueres herausfinden wollt, dann müsst Ihr schon Futter und Wein herschaffen.«

Fetzenschädel blickte auf seine Pfoten. Das Zittern hatte ein wenig nachgelassen. »Ich weiß. Du wirst heute Abend gebratenen Fisch und etwas Wein bekommen. Ich stelle alles dort drüben an der Ecke ins Gebüsch, wie immer. Und nun sag mir, was los ist.«

Druhps gedämpfte Stimme klang mürrisch. »Ich bringe mich hiermit in große Gefahr. Wenn sie es jemals herausfinden, werden sie mich, ohne mit der Wimper zu zucken, töten. Es muss sich schon lohnen: Ich will nicht irgendwelche Essensreste, sondern einen ganzen, großen, gebratenen Fisch und dazu etwas von dem dunklen Pflaumenwein, den die Korsaren bei ihrem letzten Besuch hier zurückgelassen haben.«

Fetzenschädels Augen weiteten sich. »Woher weißt du überhaupt, dass sie Pflaumenwein mitgebracht haben?«

Druhp rümpfte die Nase. »Ihr wärt überrascht, wenn Ihr wüsstet, über welche Dinge ich unterrichtet bin. Was ist nun? Bekomme ich etwas Anständiges zu essen oder nicht?

»Ja doch, nun mach schon!« Fetzenschädel kaute ungeduldig auf einer seiner Klauen herum.

»In Ordnung, hört mir gut zu. Es gibt drei Rädelsführer: Stechginster, der alte Igel, Borkenhans, der Eichhörnchenmann, und ein junger Otter namens Keyla. Diese drei stiften die anderen Sklaven dazu an, Fisch und Getreide zu stehlen. Aus dem Steinbruch sollen sie Werkzeuge und scharfe Steine beschaffen, alles, woraus man Waffen herstellen kann. Es gibt irgendeinen Plan, um Martin, Felldoh und einen weiteren Mäuserich aus der Gefängnisgrube zu befreien. Jeden Abend, wenn Keyla den Gefangenen das Essen bringt, geht da immer irgendetwas vor sich.«

Fetzenschädel drängte seinen Spitzel weiterzusprechen: »Wie sieht dieser Plan aus? Was macht Keyla, wenn er zu den Gefangenen geht? Wozu brauchen sie die Waffen?«

Druhp, der seinen Blick noch immer gesenkt hielt, zuckte mit den Schultern. »Ich weiß auch nicht, wie sie die anderen aus der Grube befreien wollen, und ich bin mir nicht sicher, was Keyla vorhat. Aber sie scheinen die Hoffnung zu hegen, dass die Gefangenen aus der Grube nach ihrer Befreiung den anderen Sklaven von außen zu Hilfe eilen werden. In der Zwischenzeit sammeln alle Waffen, damit sie für den Tag gerüstet sind, an dem sie sich endlich an Böswill und euch allen rächen können. Mehr weiß ich nicht. Ich muss jetzt gehen.«

Fetzenschädel legte Druhp blitzschnell eine Hinterpfote auf die Schulter und hielt ihn einen Augenblick zurück. »Das hast du gut gemacht, Druhp. Ich werde dafür sorgen, dass der Fisch und der Wein erstklassig sind. Versuch, noch mehr herauszufinden. Ich brauche genauere Informationen. Wann werde ich dich wieder sehen, mein Freund?«

Der Rötelmäuserich schüttelte Fetzenschädels Pfote ab und eilte davon.

»Ich bin nicht Euer Freund. Ich werde mit Euch in Verbindung bleiben.«

Niedergeschlagen hockte der junge Broom im Dunkel der Gefängnisgrube. Nun, da die anfängliche Begeisterung über ihre Verbindung zur Außenwelt verblasst war, begann er, die furchtbarsten Vermutungen anzustellen.

»Und wenn sie nun draußen vor der Festung gefangen genommen werden? Was wird dann aus uns?«

Felldoh versuchte, ihm gut zuzureden: »Jetzt sei nicht albern, Broom. Deine Schwester und dieser Maulwurf sind doch nicht auf den Kopf gefallen! Die wissen genau, was sie tun.«

Eine Zeit lang war der Kleine still, dann begann er von neuem: »Es ist doch möglich, dass sie die Angaben nicht richtig verstanden haben. Wenn Brummel nun in die falsche Richtung gräbt, dann führt sein Tunnel vielleicht in einiger Entfernung an unserer Grube vorbei. Stellt euch das nur einmal vor: Der arme alte Brummel gräbt und gräbt, ohne jemals ans Ziel zu kommen, während wir hier unten herumsitzen und Däumchen drehen.«

Martin gab Broom einen leichten Klaps auf den Rücken. »He, nun mach aber mal halblang, mein Junge! Wer wird denn gleich Trübsal blasen? Du hast uns doch selbst erzählt, dass Brummel der beste Gräber im ganzen Land ist. Das eine lass dir gesagt sein: Maulwürfe gehören zu den gescheitesten Geschöpfen über und unter der Erde, und wenn dein Freund Brummel ein Meistergräber ist, dann vertraue ich ihm jederzeit mein Leben an. Das würdest du doch auch tun, oder, Felldoh?«

Noch ehe das Eichhörnchen antworten konnte, schlug über ihnen die Klinge einer Speerspitze klirrend gegen das Gitter. Die drei Freunde blickten nach oben. Sie konnten Fetzenschädel nur schemenhaft erkennen, seine Stimme war dafür aber umso deutlicher.

»Ich hab gehört, dass ihr da unten alle an Fieber erkrankt seid. Wie geht's euch denn? Ist euch übel oder schwindlig? Habt ihr Schweißausbrüche? Ist wohl nicht besonders angenehm, was?«

Felldoh lachte verächtlich. »Es ist jedenfalls nicht so schmerzhaft wie der Stein, mit dem ich dich erwischt habe, du Schorfnase!«

Zornig schlug Fetzenschädel mit seinem Speer gegen das Gitter. »Ich hätte nicht übel Lust, zu dir runterzukommen und dich auf meinen Speer zu spießen ...«

»Aber das wirst du nicht tun, weil du panische Angst davor hast, dir das Fieber einzufangen, nicht wahr?«, ertönte Felldohs höhnische Antwort.

Fetzenschädel ließ seinen Speer noch ein paar Mal auf das Gitter niedersausen. »Da hast du Recht, Eichhörnchen. Ich werde nicht runterkommen. Zu euch wird gar nichts mehr runterkommen und das schließt Essen und Wasser mit ein. Ha! Bei uns werden keine nutzlosen Mäuler gestopft und Kindermädchen für Kranke spielen wir schon gar nicht. Ihr werdet also schön da unten bleiben, bis ihr elendig zugrunde gegangen und verfault seid!«

Hocherhobenen Hauptes marschierte der Fuchs von dannen. Er war stolz, dass er bei diesem Streit den Sieg davongetragen hatte.

Martin spürte, wie eine Träne von Brooms Wange auf seine Pfote tropfte. Er legte dem Kleinen seinen Arm um die Schultern. »Also, das mit dem Verfaulen wird wohl nichts. Der wird sich ganz schön umgucken, wenn er feststellt, dass wir nicht mehr da sind. Stell dir nur mal vor, was der Fuchs für ein dämliches Gesicht machen wird!«

Broom schniefte und brachte ein Lächeln zustande. »Haha, genau, und dann werden wir schon längst im Mittagstal in Sicherheit sein.«

Martin begann, gegen die Grubenwand zu treten. Felldoh durchschaute seine Absicht und tat es ihm nach. Ohne Unterlass trommelten ihre Hinterpfoten gegen die feste Erdwand.

Broom kniff die Augen zusammen, um in der Dunkelheit zu erkennen, was vor sich ging. »Was macht ihr denn da?«

»Wir geben deinem Maulwurfsfreund eine kleine Orientierungshilfe. Bestimmt kann er Geräusche und Erschütterungen unter der Erde mit seinem feinen Tastsinn sehr gut wahrnehmen. Kümmere dich nicht weiter um uns, Broom. Erzähle uns vom Mittagstal. Wie lebt es sich dort? Was ist das für ein Ort? Sind die anderen Bewohner denn nett? Und wie ist das Essen bei euch? Nun sag schon!«

Aufmerksam lauschten sie dem Bericht des kleinen Mäuserichs. Martin bemerkte, dass Brooms Schwermut und Traurigkeit zu verfliegen schienen, als er von seiner Heimat zu erzählen begann.

»Äh, wartet mal – was für ein Ort ist das Mittagstal? Nun ja, es ist eine breite Lichtung tief im Wald, ein geheimer Ort, könnte man sagen. Im Morgengrauen sieht das Sonnenlicht aus wie Goldstaub, wenn die hellen Strahlen durch das Blattwerk der Eichen, Ulmen und Platanen dringen. Es ist ruhig dort; man kann die friedliche Stille schon fast hören. Die hellblauen Rauchsäulen der Feuerstellen steigen von den Küchengebäuden auf und verschmelzen mit den grünen Blättern der Wipfel. Weiches Moos und dunkelgrünes Gras bedecken die Abhänge des Tals wie ein Teppich. Auch Blumen wachsen dort: Akelei, Fingerhut, Sternhyazinthen, Buschwindröschen und Gundelreben. Es gibt aber auch Farne. Manchmal habe ich mich im Morgengrauen unter ihre Blätter gelegt und die Tautropfen mit meiner Zunge aufgefangen …«

Felldoh blinzelte eine Träne fort. Die Redegewandtheit des Kleinen erstaunte ihn. »Klingt wie der ideale Ort für mich, Broom. Wie sind denn die Bewohner dort so?«

»Hmm, die Bewohner. Nun ja, zunächst einmal gibt es da meine Schwester Rose und mich; unser Vater ist Urran Voh, das Oberhaupt aller Bewohner des Mittagstals; unsere Mama heißt Araiah. Wir leben zusammen mit anderen Tieren, die sich nach und nach im Mittagstal eingefunden haben: Maulwürfe, Eichhörnchen, Igel und sogar ein paar Otter sind darunter. Mein Vater herrscht über das Tal. Er ist eigentlich sehr gütig, aber wenn man ungezogen ist, kann er ziemlich streng werden. Meine Mama würde euch bestimmt gefallen. Sie ist die beste Köchin weit und breit.«

Martin, der noch immer gegen die Grubenwand trat, vergaß fast, wie sehr seine Pfoten schmerzten. »Was kocht sie denn Leckeres?«

»Alles, was sie kocht, ist lecker«, seufzte Broom sehnsüchtig. »Pilz-Kastanien-Eintopf, Zwiebel-Lauch-Suppe, Frühlingsgemüse-Pastetchen und dazu warmes, ofenfrisches Nussbrot, Haferbrötchen oder Fladenbrot aus Weizenmehl. Sie kocht Pflaumenpudding mit Ahornsirup, bäckt Brombeer- und Apfelkuchen, Holunderbeerstrudel mit gelber Sommersahne oder auch Stachelbeertörtchen, die sie mit warmer Hahnenfußcreme bestreicht …«

Felldoh rieb sich seinen zusammengeschrumpften Magen und heulte aus Leibeskräften: »Hör auf, sofort aufhören! Ich kann es nicht länger ertragen. All das herrliche Essen!«

»Pilz-Kastanien-Eintopf, Pflaumenpudding mit Ahornsirup – mir läuft das Wasser im Munde zusammen!« Martin wischte sich den Speichel mit seinem Pfotenrücken weg.

Broom brach in lautes Gekicher aus und fuhr schalkhaft fort, seine hungrigen Freunde zu quälen. »Für gewöhnlich geht mein Vater den Maulwürfen und Igeln zur Pfote. Sie brauen all unsere Getränke: helles Löwenzahnbier, Erdbeerlikör, braunes Kastanienbier …«

»Oohoooh! Braunes Kastanienbier. Wirst du wohl damit aufhören, du kleiner Satansbraten, still jetzt!«

Martin und Felldoh traten immer energischer gegen die Wand.

Brummels Rücken erschien an der Öffnung. Er schob einen Erdhügel vor sich her, den Rose geschwind beiseite räumte. Dann half sie dem Maulwurf aus dem Loch. Das Licht der späten Nachmittagssonne ließ ihn unwillkürlich blinzeln.

»Du scheinst gut voranzukommen, Brummel.«

Der Maulwurf fuhr scharrend mit seinen Grabklauen über den Fels, um sie von der lockeren, sandigen Erde zu befreien.

»Des dua i, Frollein, des dua i. Mei Richtung duat au stimma, oh haja. D' Burscha duat a Krach macha wie zwoi Trommlr beim Wintrfest. S' duat mi gradwegs zu sich führa. Harrharr, 's duat nich mär lang dau'ra, Rose. I dua schätza, doss i s' noch vor Mittrnacht erreicha werd.«

Rose wurde ganz zappelig vor Aufregung. »Noch vor Mitternacht? Das ist ja großartig! Im Schutz der Dunkelheit dürfte es gar nicht so schwer sein, sich von Marschank fortzustehlen. Oh, Brummel, du bist wirklich ein Schatz!«

Der Maulwurf war schon wieder auf dem Weg in den Tunnel. Um seine Verlegenheit zu verbergen, murmelte er: »I dua koi Schatz, i dua a Maulwurf seia, doss Yi des ja nich v'rgessa duat, Frolleinche!«

7

Wie ein Stück Zitronenschale erschien die dünne Mondsichel in der samtenen Dunkelheit am sternenübersäten Himmel. Es war eine windstille Nacht und die Flut hatte ihren höchsten Stand erreicht. Kleine silbrig glänzende Wellen rollten zaghaft ans Ufer und verschlangen nach und nach den Küstenstreifen bis hin zur Gezeitenlinie. Kaum ein Laut war zu hören. Nur das gedämpfte Plätschern umwickelter Ruder und die heiseren Flüche, die Käpt'n Tramon Pantine vor sich hin murmelte, durchdrangen die Stille, während er die vier Beiboote durch das dunkle Wasser immer weiter vorwärts trieb.

»Na los doch! Beugt die Rücken, ihr räuberischen Säufernasen. Euren Müttern habt ihr vielleicht das Herz gebrochen, aber bei mir wird euch das nich' gelingen. Zieht an, meine Rabauken, zieht fest an!«

Pantine hatte sein Schiff etwas weiter südlich hinter einer Landzunge auf den Strand setzen lassen. Der gerissene Hermelinpirat plante einen Überraschungsangriff auf Marschank. Die Korsaren ruderten stetig weiter, während Pantine nach der Festung Ausschau hielt.

»Harr, da isses, Jungs! Da is' Böswills feines Schloss! Wenn ich damit fertig bin, wird's wahrscheinlich nich' mehr ganz so fein aussehn. Ölrücken, Feuchtpfote, haltet die Seile und Enterhaken bereit. Giftpfeile, dass ich nich' lache! Ich werd dem hinterhältigen Hermelin 'ne Nacht bescher'n, an die 's noch lange zurückdenken wird. Aber was red ich denn da? Tote können ja ga' nich' mehr denken, und genau das wird dieser aufgeblasene Böswill sein, wenn ich ihm erst ma' mit meinem Schwert zu Leibe gerückt bin: tot!«

In höchster Eile schnellten die vier Boote auf dem nächtlichen Meer dahin. Bemannt waren sie mit kaltblütigen Haudegen, die alle bis an die Zähne bewaffnet waren und zahllose Pfeile, Bogen, Spieße, Speere, Dolche, Wurfschlingen und eine Vielzahl von Schwertern mit sich führten.

Auf der Mauer standen die beiden Wiesel Buckelrücken und Steifohr, lässig gegen die Holzpfähle gelehnt, und hielten Wache. Buckelrücken war nicht gerade bester Laune. Er stieß Steifohr mit seinem Speerende an.

»Hör sofort auf, mit deinen Pfoten zu trommeln. Das geht mir auf die Nerven!«

Steifohr, der schon fast eingeschlafen war, packte seinen Speer und fuhr hoch. »Ich trommle nich' mit den Pfoten, du alte Sabberbacke. Guck doch her, ich halte sie ganz ruhig!«

»Pass bloß auf, wen du hier 'ne alte Sabberbacke nennst, du! Irgendwer trommelt da. Hörst du 's denn nich'? Es is' so 'ne Art leises Klopfen.«

»Ich hör überhaupt nix, und wenn du mich noch einmal mit deinem Speer pikst, dann schieb ich ihn dir in die Schnauze. Pah, 'n Trommeln! Das is' bestimmt das Winzhirn, das da in deinem Schwachschädel rumkullert!«

Knurrend stießen sie eine Zeit lang mit ihren Speeren aufeinander ein, dann wandten sie ihre Aufmerksamkeit wieder dem Meer zu.

»Ich hör's immer noch. Da trommelt doch was«, hob Buckelrücken von neuem zu murren an. »'s is' zwar ziemlich leise, aber ich kann's trotzdem ganz genau hörn. He, Steifi! Siehste den Felsen da draußen am Strand? Den da drüben – ich könnte schwörn, dass ich da eben 'nen Sandhaufen in die Luft hab fliegen sehn!«

»Erst isses Getrommel und nu' sind's Sandhaufen!« Steifohr stieß einen lang gezogenen Seufzer der Verärgerung aus. »Was is' eigentlich mit dir los, du Krötenhirn? Haste vielleicht verfaulten Fisch zum Abendbrot gegessen?«

Buckelrücken wies mit seinem Speer auf den Fels. »Ha, da war's wieder! Sieht aus, als ob da Sand in die Luft geschleudert wird. Achte genau auf den Felsen, dann siehst du 's direkt darüber.«

Steifohr starrte Buckelrücken durchdringend an und schüttelte mitleidig den Kopf. »Das sind Krabben, die ihre Tänze aufführn. Das machen sie alle paar Nächte, musste wissen. Dann schleudern sie mit ihren kleinen Scheren den Sand hoch und trippeln hin und her wie die Wilden.«

»Jetzt red keinen Blödsinn!« Buckelrücken schürzte verächtlich die Lippen.

Da verlor Steifohr endgültig die Beherrschung. »Du bist doch hier derjenige, der Blödsinn redet, du alter Trottel! Als Nächstes siehste bestimmt 'ne Horde von Korsaren am Strand ... Aarrgh!«

Er fiel vornüber. Aus seinem Hals ragte ein langer, mit Widerhaken bestückter Pfeil.

Als Buckelrücken die dunklen Gestalten sah, die auf die Festungsmauer zugestürmt kamen, begann er zu schreien: »Ein Angriff! Alaaaaaarm!«

Rose hatte die Korsaren als Erste bemerkt. Sie wollte soeben einen weiteren Steinhaufen hinter dem Fels verteilen, als das dumpfe Geräusch von Pfoten, die über den Sand huschten, an ihr Ohr drang. Die Mäusemaid drehte sich zum Meer um und entdeckte die vier Boote an der Gezeitenlinie sowie eine Meute dunkler Gestalten, die über den Strand hinweg auf Marschank zueilte. Sofort sprang sie in den Schacht, den Brummel gegraben hatte, und hielt den Atem an. Glücklicherweise hatte sie niemand gesehen. Mit dem Ziel vor Augen, möglichst schnell die Festung zu erreichen, huschten die Eindringlinge geschwind vorüber.

Rose kauerte sich verängstigt vor den Tunneleingang und murmelte leise: »Oh, Brummel, wo bleibst du nur? So beeile dich doch, Brummel, bitte!«

Broom war fest eingeschlafen. Er lag zwischen Martin und Felldoh, die ihre letzten Kräfte aufboten, um weiter mit den Hinterpfoten gegen die Seitenwand ihrer Grube zu treten. Sie waren beide der Erschöpfung nahe und stöhnten bei jedem Tritt vor Anstrengung laut auf.

»Ich kann nicht mehr, Felldoh. Wie sieht's mit dir aus?«, keuchte Martin.

Das Eichhörnchen schüttelte matt den Kopf. »Ich auch nicht, Kumpel. Vielleicht hat der Kleine ja doch Recht. Womöglich hat sein Maulwurfsfreund beim Graben wirklich die falsche Richtung eingeschlagen.«

Mit einem Mal verlor Martin die Beherrschung. Unter Aufbietung übermäuslicher Kräfte begann er, wie ein Wilder gegen die Wand zu treten. Zwischen den Tritten schrie er immer wieder: »Und wir werden *nicht* hier unten sterben!«

Völlig unerwartet fuhren seine beiden Hinterpfoten durch die Seitenwand hindurch. Ein gedämpfter Schrei drang aus dem Loch.

»Herraje, yi Herra. Duat oihalta! I dua 's doch nur seia, Brumml!«

Böswill sprang sofort aus dem Bett, als Garrad ihn mit einem schrillen Aufschrei aus dem Schlaf riss.

»Mein Lord, Pantine und seine Korsaren sind da. Sie greifen an!«

Der Tyrann warf sich ein Kettenhemd über, ergriff sein Schwert und stieß seinen verängstigten Gefolgsratterich zur Seite.

»Natürlich sind sie das, du Hohlkopf! Ich habe von Pantine auch nichts anderes erwartet. Komm mit. Hat die Horde auf der Mauer Stellung bezogen?«

Garrad hastete neben Böswill her. »Ja, mein Lord, sie war'n gleich zur Stelle, als die Wache Alarm schlug.«

»Gut. Ich geh jetzt zum Haupttor. Sag Fetzenschädel, dass er sofort zu mir kommen soll!«

Wenige Augenblicke später kam Fetzenschädel von der Mauer herabgeeilt. »Herr, sie setzen uns ganz schön zu, aber wir halten sie in Schach!«

»Wo ist Pantines Schiff? An der Gezeitenlinie oder in der

Bucht?«, schrie Böswill dem Fuchs entgegen, um den Schlachtenlärm zu übertönen.

»Es ist nirgends zu sehen, Herr. Sie sind in ihren Beibooten gekommen.«

Böswill überlegte einen kurzen Moment, dann bellte er seine Befehle: »Er wird von Süden gekommen sein – das ist die Richtung, in die er davongesegelt ist. Sein Schiff hat er wahrscheinlich auf der anderen Seite der Landzunge auf den Strand gesetzt oder vor Anker gehen lassen. Nun gut, dann sperr mal deine Lauscher auf, Fetzenschädel: Du schnappst dir jetzt zehn gute Bogenschützen, nimmst Öl, Feuerstein und Zunder mit, spürst Pantines Schiff auf und legst es mit Feuerpfeilen in Schutt und Asche. Klettert an der Rückseite der Festung über die Mauer, solange das dichteste Kampfgetümmel noch hier vorne stattfindet. Und nun los mit dir, und dass du mich nicht enttäuschst!«

Während Fetzenschädel davonstürmte, um den Befehl seines Herrn und Meisters auszuführen, kletterte der Tyrann geschwind die Leiter empor, um seiner Horde auf der Mauer zu Hilfe zu eilen.

Auf beiden Seiten wurden Pfeile abgeschossen, die zischend durch die Nacht sausten. Pantine bemühte sich, einen unaufhörlichen Stein- und Pfeilhagel aufrechtzuerhalten, damit die Verteidiger gezwungen waren, in Deckung zu bleiben.

Böswill schien überall zugleich zu sein: Er schlug auf die Seile der Enterhaken ein, schleuderte Steinblöcke in die Tiefe und brüllte fortwährend seine Kommandos: »Sorgt dafür, dass die Enterhaken keinen Halt finden, durchtrennt die Seile! Stoßt die Leiter dort weg! Zisch, nimm große Speere und lange Spieße mit, lauf zur nördlichen Mauerecke und stich von oben auf sie ein! Du da, such dir vier Helfer aus und begib dich mit ihnen auf schnellstem Wege in den Innenhof. Dort stützt ihr das Tor ab. Es ist ganz gleich, was ihr nehmt – Steine, Holz, Sand – alles, was euch vor die Pfoten kommt!«

Käpt'n Tramon Pantine brüllte auf seine Bogenschützen und Schleuderwerfer ein, während er auf das Beiboot wartete, das mit dem Kiel nach oben über den Strand herbeigetragen wurde.

»Zwingt sie in die Knie! Brecht ihnen jeden Knochen einzeln im Leib, ihr kaltblütigen Korsaren! Grautsch, lass die Pfeile sausen! Und sieh zu, dass keiner sein Ziel verfehlt! Haharr, Böswill! Dir werd ich schon bald das Fell über die Ohren ziehn! Bringt mir das Beiboot her, Matrosen! Wir werden mal bei dem Tyrannen an die Tür klopfen, haharrharr!«

Der Kiel des Beibootes war mit einer schweren Kupferschicht überzogen, die an seinem Bug in einer Wölbung zusammenlief. Wenn man das Boot auf den Kopf stellte, ließ es sich hervorragend als Rammbock verwenden. Unter dem Rumpf befanden sich mindestens zwanzig Piraten, die das Boot wie einen Schild einsetzten, um sich gegen die von der Mauer herabzischenden Geschosse zu schützen. Tramon Pantine schloss sich ihnen an und übernahm die Führung. Voller Schadenfreude brüllte er seine Befehle: »Haltet das Boot schön grade, Jungs. Und nu' schlagt das Tor zu Kleinholz, Kumpels. Zum Angriff!«

Die Träger krallten sich mit ihren Pfoten unter dem Boot fest und begannen, wie wild über den Strand zu stürmen. Pfeile, Speere und Steine prallten an dem kupferbeschichteten Kiel ab, ohne Schaden zu verursachen. Sie konnten den Rammbock der Korsaren nicht daran hindern, mit ungeheurer Wucht gegen das Tor von Marschank zu prallen.

Wumm!

Die meisten der Rammbockträger schlugen der Länge nach hin, als die dicke Kupferplatte mit einem splitternden Krachen auf das Holz des Tores traf. Ihre Pfoten kribbelten noch von der Erschütterung, als sie das Boot unter den Befehlen des frohlockenden Pantine erneut hochhievten.

»Hoho, ihr Burschen. Nehmt Anlauf und versucht's noch mal! Grassel, Totenschlund, Gleiter! Kommt zu mir nach vorne. Noch 'n halbes Dutzend solcher Einschläge, dann können wir die Überreste vom Tor bei uns'rer Siegesfeier als Zahnstocher verwenden! Keiner kann Wellenreiter wie uns aufhalten, Kumpels. Zum Aaaaaangriff!«

Garrad hackte mit seinem Entermesser auf ein Kletterseil ein. Er spürte eine leichte Erschütterung der Mauer, als der Rammbock erneut aufprallte. Besorgt blickte er zu Böswill hinüber. Der Tyrann hatte einen Stapel leichter Wurfspeere an seiner Seite, die er mit todbringender Sicherheit zu schleudern verstand. Jedes Mal, wenn er wieder einen Seeratterich mit einem gut gezielten Speer durchbohrt hatte und durch dessen Aufschrei belohnt wurde, knurrte er vor Genugtuung. Er hielt einen Augenblick inne, um ein vorübereilendes Frettchen beim Kragen zu packen.

»Schwanzwarze, geh runter in den Innenhof und sorge dafür, dass das Tor ausreichend mit Steinen und Schutt abgestützt wird. Meinetwegen kann Pantine gegen unsere Türen schlagen, bis sein Schnurrhaar grau wird. Wenn wir sie gut genug sichern, wird er nie im Leben zu uns durchbrechen.«

Bis tief in die Nacht hinein tobte die Schlacht. Das grässliche Getöse der laut klirrenden Waffen übertönte die rauschende Dünung des rastlosen Meeres.

Broom war der Letzte, der in den Fluchttunnel kletterte. Brummel zog den jungen Mäuserich mit einem Ruck zu sich empor.

»Schön, Eu z' seha, Meistr. Yi duat fitt'r als a Humml ausschaua.«

Martin und Felldoh klopften dem Maulwurf hocherfreut auf die samtenen Schultern. »Das habt Ihr wirklich gut gemacht, mein Freund. Broom hatte Recht, Ihr seid ein wahrer Meistergräber!«

Der bescheidene Brummel zog seine Nase kraus. »I dua nur mei Arbeit g'tan haba, yi Herra. Duat eu scho ama auf dn Weg macha. I dua noch a kloi Weil hiera bleiba un des Loch wiedr ausbess'ra, dmit koinr rausb'komma duat, wie yi entkomma seiat. Harrharr, des werdat däm Ung'ziefra von Böswill a gonz schöns Kopfzerbrecha b'reita, wenn 's a leera Grub ohna jeda Spur von oim Ausbruch vorfinda duat, harrharr.«

Die drei Freunde krochen auf allen vieren durch die Dunkelheit. Felldohs Schwanz strich an der Decke des Tunnels entlang und fegte etwas losen Sand herab. Sie schlossen die Augen und schoben sich hastig weiter voran durch die unheimliche unterirdische Stille. Nun, da ihre Freiheit zum Greifen nahe war, bebten ihre Körper vor freudiger Erregung. Am Schlachtenlärm und an der sanften Brise, die sein Schnurrhaar kitzelte, erkannte Felldoh, dass sie es geschafft hatten. Er nieste und rieb sich den feinen Sand aus den Augen. Rose half ihm aus dem Schacht.

»Immer herauf mit dir, du Baumhüpfer. Ist Brummel bei dir?«

Der Eichhörnchenjüngling rollte zur Seite, als Martin dem

Schacht entstieg. Dann zogen sie mit vereinten Kräften den jungen Broom hinauf. Martin antwortete: »Er kommt nach, sobald er das Loch wieder verschlossen hat. Es wird nicht lange dauern. Pffüüh! Ich habe so viel Sand geschluckt, dass ich eine ganze Jahreszeit brauchen werde, um alles auszuspucken.«

»Hier, spül dir den Mund mit etwas kaltem Pfefferminztee aus.«

Martin rieb sich den Staub aus den Augen und starrte die Mäusemaid an, die ihm ihre Feldflasche reichte. Er war wie vom Blitz getroffen.

»Du musst Martin sein.«

Schweigend starrte er in die sanftesten haselnussbraunen Augen, in denen sich jemals das Licht der Sterne gespiegelt hatte. Ihm fehlten einfach die Worte. Ein stilles Lächeln breitete sich über die klaren Gesichtszüge der Mäusemaid.

»Nun trink schon, Martin. Dein Freund und mein Bruder sind auch noch an der Reihe.«

Hastig ließ der Mäuserich sich den Tee in den Mund rinnen. Ganz plötzlich fand er seine Stimme wieder: »Gu muscht Hoosche schein!«

»Wie bitte?« Ihr Lachen klang wie eine Sommerbrise inmitten eines Glockenblumenfeldes.

Martin nahm noch einen großen Schluck und räusperte sich. »Verzeihung. Du musst Rose sein.«

Mit einem breiten Grinsen nahm Felldoh seinem Freund die Feldflasche aus der bebenden Pfote. »So ist es. Und kannst du dich noch an mich erinnern? Ich bin Felldoh und dieser Knabe hier heißt Broom. Dein Name ist Martin und der Bursche, dem du da gerade auf dem Kopf herumtrampelst, ist unser Retter Brummel.«

Martin nahm hastig seine Hinterpfote hoch und murmelte eine

Entschuldigung, während der Maulwurf aus dem Tunnel kletterte.

»Viela Dank, Meistr. Hajaj, dr Lärm von däm Ung'ziefra, des sich do drüba gegnseitig umbringat, duat au hiera noch gonz schön laut seia.«

Mit einem Mal wurde Martin des Schlachtenlärms um Marschank gewahr. Im Nu war seine Benommenheit verflogen und er konnte wieder klar denken.

»Oh, äh, nun gut! Also, ich halte es für das Beste, wenn wir uns auf der Stelle so weit wie möglich von der Meute dort drüben entfernen!«

Felldoh schien verärgert zu sein. Er sträubte sich. »Ich kann nicht hier weg, solange mein Vater noch gefangen ist. Ich bleibe.«

Martin ergriff die Pfote seines Freundes. »Wir werden niemandem auch nur im Entferntesten zu Hilfe eilen können, wenn wir uns jetzt inmitten einer Schlacht töten oder gefangen nehmen lassen. Hör mich an, Felldoh! Ich stehe dir zur Seite. Eines Tages werden wir alle Sklaven aus Böswills Klauen befreien. Aber im Augenblick sind wir nur zu fünft, und das wird nicht ausreichen, um den Kampf mit der Horde des Tyrannen aufzunehmen. Ich schlage vor, dass wir zum Mittagstal gehen. Der Vater von Broom und Rose ist das Oberhaupt dort und wird seinen Stamm sicherlich auffordern, uns zu helfen. Erst wenn wir entsprechend viele Kämpfer auf unserer Seite haben, können wir zurückkehren und Böswill und sein Ungeziefer besiegen. Dann werden wir sie ein für alle Mal auslöschen und unsere Freunde befreien. Was ist? Bist du einverstanden?«

Broom schüttelte den Kopf. »Mein Vater Urran Voh ist sehr eigenwillig. Er geht stets seinen eigenen Weg. Er wird das Mittagstal niemals verlassen und die Mitglieder unseres Stammes – na ja, die tun für gewöhnlich, was mein Vater sagt.«

Rose meldete sich zu Wort. »Da hast du Recht, mein Bruder! Unser Vater ist genauso halsstarrig wie du. Deshalb streitet ihr beide euch ja auch dauernd. Aber vielleicht kann ich Mutter überzeugen. Sie würde ihn bitten, euch zu helfen. Ganz bestimmt!«

Martin drückte die Pfote seines Eichhörnchenfreundes. »Was hältst du von dem Vorschlag, Felldoh? Wollen wir einen Versuch wagen?«

Einen Moment lang herrschte Stille, dann nickte Felldoh. »Ich bin dabei. Wenn es uns gelingt, im Mittagstal eine Armee aufzustellen, dann werde ich eines Tages zurückkehren und auf Böswills Grab tanzen!«

Allein schon die Vorstellung ließ Martins Augen strahlen. »Ich werde mit dir tanzen, mein Freund. Und das Schwert, das einst meinem Vater gehörte, werde ich dabei in der Pfote halten!«

Rose, Broom und Brummel reichten Martin und Felldoh über der Öffnung des Tunnels, durch den sie geflohen waren, die Pfoten.

»Gemeinsam werden wir es schaffen. Wir Freunde halten zusammen!«

8

Käpt'n Tramon Pantine war inzwischen nicht mehr so siegesgewiss. Ganz gleich, wie kraftvoll und lange er seinen Rammbock auf Marschanks Tor einhämmern ließ, es schien jedem Ansturm standzuhalten.

Grassel, Totenschlund, Gleiter und die anderen saßen am Strand unter dem umgedrehten Boot, rangen nach Atem und massierten sich ihre lahmen Pfoten. Pantine schlug mit seinem Entermesser gegen die Bootsflanken.

»Was is' los mit euch, ihr feiger Abschaum der Meere? Habt ihr etwa schon genug? Kommt, Matrosen, auf die Pfoten mit euch! Ihr versucht's jetzt noch 'n letztes Mal. Das Tor wird zersplittern, wenn ich's euch doch sage! Nur noch 'n paar Stöße und wir sind in der Festung!«

Grassel lutschte geräuschvoll an der rohen Haut seiner Pfoten. »Haach, Käpt'n, Ihr habt doch schon vor 'ner halben Stunde gesagt, dass es das letzte Mal is', und trotzdem stürzen wir uns immer noch wie die Verrückten auf dieses Tor.«

Pantine warf dem klagenden Seeratterich einen grimmigen Blick zu. »Was gibt's nun schon wieder zu quengeln, Grassel? Du bist aber auch ständig am Quengeln. Und nu' hoch mit dem Hintern, Kumpel. Du wirst dich jetzt auf das Tor stürzen, bevor ich mich mit diesem Froschtöter auf dich stürze!« Er fuchtelte drohend mit seinem Entermesser in der Luft herum.

Außen an der Bootsflanke war ein Klopfen zu hören.

»Käpt'n, ich bin's – Feuchtpfote. Kommt schnell und seht Euch das da draußen mal an!«

Das Boot wurde angehoben und Pantine lugte mit dem Kopf darunter hervor. »Was soll ich mir ansehn, Kumpel?«

Das Frettchen zeigte auf einen orangeroten Lichtschein, der den Himmel über der Landzunge erhellte. Es dauerte eine Weile, bis der Hermelinpirat begriff, was dort geschehen war. Dann stieß er ein qualvolles Geheul aus und begann, an seinem geflochtenen Bart zu reißen. Seine schweren Holzpantinen schlugen klappernd gegeneinander, als er vor lauter Entsetzen am Strand auf und ab hopste.

»Waaaaah! Dieser schleimtriefende Schurke hat mein Schiff in Brand gesetzt! Jarrggh! Meine wunderschöne *Skarabäus*, mein ganzer Stolz! Böswill, du niederträchtiger, pestnasiger Wurm, du stinkendes, schraubenschwänziges Hermelin, du warzenäugiger, schnodderschnauziger Hai!«

Entsetzt sah die Korsarenmannschaft zu, wie ihr Käpt'n seiner unbändigen Wut Luft machte. Er warf sich gegen das Tor, hackte mit seinem Entermesser darauf ein, trat mit seinen Holzschuhen dagegen, ja er nagte sogar wie ein Besessener mit den Zähnen am Holz und brüllte, den Mund voller Splitter: »Dir werd ich Leber und Lunge aus dem Leib reißen und an die Krabben verfüttern. Ich werd deinen Kopf abhacken und ihn dir ins Gesicht werfen. Aus deinem Gedärm mach ich mir 'ne Takelage. Deinen Schwanz werd ich in brennender Salzlake einpökeln. Ich werd … Ich werd … Jaaahaaagh!«

Fetzenschädel und seine Bogenschützen standen knöcheltief im Meer, dessen Wasseroberfläche den scharlachroten und goldenen Schein des lodernden Schiffes widerspiegelte. Sie blinzelten, als die Brise Teile des verkohlten, rußgeschwärzten Segeltuches an ihnen vorüberwehte. Langsam sank die brennende *Skarabäus* im seichten Wasser der Bucht auf Grund. Das Holz knisterte, als das aufflammende Pech brodelnd aus den Fugen rann. Zwei Ratteriche, die als Wachposten an Bord zurückgeblieben waren, hingen leblos über der Reling. In ihren Rücken steckten Brandpfeile, deren Flammen nach und nach von allein verloschen. Nun, da das große grüne Segel verbrannt war, hob sich der Mast wie ein glühendes Leuchtfeuer gegen den sternenübersäten Himmel ab. Dann brach er laut krachend aus seiner Verankerung und stürzte in einem Funkenregen nieder. Das Schiff neigte sich in einem immer schieferen Winkel zur Seite. Ein lautes, dampfendes Zischen ertönte, als die Flammen auf das Meerwasser trafen.

Voller Zufriedenheit sagte Fetzenschädel zu seinen Bogenschützen gewandt: »Dieses Schiff wird jedenfalls nicht wieder zur See fahren. Stellt euch in Reih und Glied auf und folgt mir. Bevor wir uns auf den Rückweg nach Marschank machen, müssen wir uns noch um die Beiboote kümmern.«

Da der gerissene Fuchs unter allen Umständen vermeiden wollte, dass die vor der Festung kämpfenden Piraten auf ihn und seinen Trupp aufmerksam wurden, verzichtete er darauf, die Beiboote in Brand zu setzen.

»Steckt eure Bogen weg und schlagt mit Schwertern und Messern Löcher in die Boote. Dann sitzt Pantine ein für alle Mal auf dem Trockenen.«

Martin und seine Gefährten hatten noch nicht bemerkt, dass die Beiboote zerstört wurden, und so liefen sie ahnungslos auf die Gegner zu. Sie wollten in einem der Boote die Küste hinauffahren, es dort am Strand zurücklassen und dann landeinwärts zum Mittagstal marschieren, um Hilfe zu holen.

Felldoh blickte zu dem feurigen Lichtschein jenseits der Landzunge hinüber. »Wir sollten uns lieber beeilen. Die Seeratten werden zu ihrem Schiff fahren wollen, um nachzusehen, ob sie es vielleicht noch retten können. Es ist also nur eine Frage der Zeit, wann sie zu ihren Beibooten kommen.«

Martin warf einen flüchtigen Blick zurück zur Festung und rief seinem Freund zu: »Das hast du gut erraten, Felldoh. Hinter uns kommt schon ein ganzer Haufen von ihnen angelaufen!«

Sie konnten die dunklen Gestalten der brüllenden Korsaren erkennen, die sich aus der kämpfenden Menge lösten und auf die Beiboote zugeeilt kamen. Martin packte Broom bei der Pfote.

»Wir sollten uns lieber sputen, sonst werden sie uns noch einholen.«

Brummel hatte seinen Blick unterdessen nach vorn auf die Boote gerichtet. »Herraja, duat ama hieseha! Do duat anner's Ung'ziefra bei d' Boota seia un des duat uns g'seha haba!«, stöhnte er fassungslos.

Felldoh knirschte mit den Zähnen. »Die Gegner sind vor und hinter uns. Wir werden auf jeden Fall Ärger bekommen, Martin, ganz gleich, welche Richtung wir einschlagen.«

Martin machte sich blitzschnell ein Bild von der Lage. »Wir können jetzt nicht mehr umkehren. Vor uns sind auf jeden Fall weniger Gegner, also lauft weiter. Wir müssen versuchen, uns auf sie zu stürzen. Rose, du nimmst Brummel und Broom mit. Sucht euch ein Boot aus und fahrt los. Felldoh und ich werden sie aufhalten. Bitte keine Widerrede! Tut einfach nur, was ich euch sage. Alles klar, Felldoh?«

Der große Eichhörnchenjüngling nickte. »Alles klar! Den Schurken mit dem halben Ohr, der da vorne bei den Booten steht, erkenne ich wieder – das ist Fetzenschädel. Er hat etwa zehn Halunken dabei. Schnappen wir sie uns, Martin!«

Unter ohrenbetäubendem Gebrüll stürmten der junge Mäuserich und das Eichhörnchen auf Fetzenschädels Gruppe zu.

»Es lebe die Freiheit! Zum Aaaaaaaangriff!«

Fetzenschädel war sich nicht sicher, ob das Zweiergespann, das da in Windeseile auf ihn zugestürzt kam, bewaffnet war; ihre Kriegsschreie ließen allerdings keinen Zweifel daran, dass sie kamen, um zu kämpfen. Der Fuchs zögerte einen Moment. Er war noch unentschlossen, ob er ihnen mit dem Schwert in der Pfote entgegentreten oder lieber zu Pfeil und Bogen greifen sollte. Auf diese Weise vertat er jegliche Entscheidungsfreiheit, da ihm kaum noch genug Zeit blieb, um seine Bogenschützen zu warnen, bevor Martin und Felldoh sich auf ihn stürzten. Der Eichhörnchenjüngling packte die Pfote, in der Fetzenschädel sein Schwert hielt, und versuchte, die Klinge an sich zu reißen, während Martin den Ratterich, der ihm am nächsten stand, mit beiden Hinterpfoten zu Boden schleuderte.

»Helft mir, zu Hilfe!«, kreischte Fetzenschädel.

Nun erst bemerkten einige von Pantines Gefolgsleuten, dass in der Nähe der Beiboote gekämpft wurde. Sie zogen ihre Waffen und rasten los, um ihre Boote gegen feindliche Übergriffe zu schützen. Einer der Ratteriche ging unter Brummels mächtigen Grabklauen zu Boden, während ein weiterer einem Stück Treibholz zum Opfer fiel, das von Rose kraftvoll geschwungen wurde. Broom begann, das kleinste der Boote in die Brandung hinauszuschieben. Brummel und Rose eilten ihm zu Hilfe und packten nach besten Kräften mit an. Martin klammerte sich mit der einen Pfote an einen Ratterich, der das Boot aufhalten wollte, während er mit der zweiten den Kopf eines anderen Gegners unter Wasser drückte. Felldoh hatte Fetzenschädel im Schwitzkasten. Der Gürtel, an dem der Fuchs seine Schwertscheide trug, war gerissen und zusammen mit dem Schwert irgendwo im seichten Wasser verloren gegangen. Laut schreiend kamen nun die Korsaren durch die Brandung herbeigestürzt. Das Wasser unter ihren Pfoten spritzte hoch auf.

Rose lehnte sich über das Heck des kleinen Bootes und zerrte Broom zu sich herein, während Brummel die Ruder hervorzog. Die Mäusemaid rief ihren Gefährten zu: »Martin! Felldoh! Kommt hierher, schnell!«

Martin dachte kurz nach und handelte dann blitzschnell. Er versetzte einem Seeratterich einen kräftigen Schlag, sodass dieser bewusstlos zusammenbrach. Dann entriss er Felldoh den halb erdrosselten Fetzenschädel und schleuderte ihn den Korsaren entgegen.

»Hier, Kumpels. Einer von Böswills Halunken versucht grade, unsere Boote zu stehlen!«

Die Korsaren brachen in ein wildes Wutgeheul aus und warfen sich auf Fetzenschädel und einen Ratterich, den Felldoh zu ihnen hinüberschubste.

Martin stieß seinen Freund an und flüsterte ihm drängend zu: »Schnell, nichts wie ins Boot!«

Halb wateten, halb schwammen sie durch das dunkle Wasser des nächtlichen Meeres zum Boot. Brummel und Broom lehnten sich über das Heck und streckten ihnen ihre Ruder entgegen, damit sie sich daran hochziehen konnten.

»Hajaj, duat Eu beeila, Yi Härra!«

Als sie die Ruder packten und an Bord zu klettern begannen, erkannten die Korsaren mit einem Mal, was vor sich ging.

»Das sind ga' keine Seeratten. Haltet sie auf!«, ertönte der heisere Schrei eines Frettchens, das Sumpfer genannt wurde.

Martin krabbelte mühelos ins Boot, aber Felldoh kämpfte noch mit seinem großen buschigen Schwanz, der sich voll Meerwasser gesogen hatte und ihn nach unten zog. Plötzlich kam Grautsch der Ratterich herbeigestrampelt und packte die Hinterpfoten des Eichhörnchens. Vom Boot aus gelang es Martin, Felldohs Vorderpfoten zu ergreifen, doch da krallte sich bereits der nächste Seeratterich in Felldohs Schwanz und ein wildes Tauziehen begann. Hilflos hing Felldoh ausgestreckt zwischen Wasser und Boot. Er hatte bereits jede Menge Salzwasser geschluckt.

Rose lehnte sich über das Heck und schwang ein Ruder.

Klonk! Paff!

Sie traf bei beiden Ratterichen direkt ins Schwarze, sodass sie benommen zurückfielen. Mit einem kräftigen Ruck zog Martin noch einmal, worauf Felldoh ins Boot purzelte.

Während einige der Korsaren Fetzenschädel und seine Mannschaft gefangen setzten, sprangen die übrigen Angreifer in die Boote und nahmen die Verfolgung der Flüchtenden auf.

»Rudert!«, rief Martin seinen Freunden zu. »Paddelt mit euren Pfoten oder mit sonst was! Nur, beeilt euch! Sie kommen hinter uns her!«

Brummel saß reglos im Heck. Rose warf ihm einen erstaunten Blick zu.

»Was ist los mit dir, Brummel? Sitz nicht einfach so da, sondern paddle!«

Der Maulwurf zuckte bekümmert die Achseln. »I dua mi nich

b'wega könna, Frolleinche. Wenn i aufsteha dua, werdat wi untrgeha. I dua mitta auf oim großa Loch im Bootsrumpf sitza!«

Völlig durchnässt saß der Maulwurf im Boot und bemühte sich, so gut es ging, das Loch zu verschließen, während das Wasser im Rumpf hin und her schwappte.

Broom brach in schallendes Gelächter aus. Felldoh musterte ihn missbilligend.

»Was gibt es denn da zu gackern, mein Junge? Unsere Lage ist nun wirklich alles andere als lustig!«

Broom, der sich bereits vor Lachen den Bauch hielt, versuchte zu paddeln und das Gelächter zu unterdrücken, aber es war vergeblich. »Huuhaahaa! Tut mir Leid, Felldoh! Ich kann nicht anders, hihihi! Ojeoje! Jetzt seht euch doch nur mal diese Kreaturen an, hahahahahaha!«

Die zwei Verfolgerboote, in denen die Korsaren saßen, bewegten sich nur noch in eine Richtung, nämlich abwärts!

Rose stimmte in Brooms Gelächter mit ein. »Ja, natürlich! Jetzt ist mir klar, was Böswills Halunken bei den Booten zu suchen hatten. Erst haben sie das große Schiff in Brand gesteckt und dann Löcher in die Beiboote geschlagen. Da haben wir aber wirklich Glück gehabt, dass wir das Boot mit dem kleinsten Loch erwischt haben!«

Die Gesichter der Korsaren waren ein Bild des Jammers, als die Boote sich, trotz ihrer eifrigen Bemühungen, eindringendes Wasser hinauszuschütten, immer mehr füllten und schließlich unter ihnen versanken.

Mit den Pfoten paddelnd, trieben sie im Wasser und mussten mit ansehen, wie das Beiboot geradewegs aufs Meer hinausfuhr. Es lag zwar tief im Wasser, kam aber dennoch gut voran. Ein fröhlicher Jubelruf hallte über die wogende nächtliche See, während das kleine Boot sich immer weiter entfernte.

»Wir sind freiiiiiii!«

9

Als der Morgen graute, kam die Schlacht um die Festung Marschank zum Erliegen. Die Luft war feucht und bis hin zum Horizont erstreckte sich über allem ein grauer, wolkenverhangener Himmel wie ein Leichentuch, das stellenweise grünlich und purpurrot gefärbt war. Böswill stand zusammen mit Garrad auf der Mauer. Die Mitglieder seiner Horde waren von der Schlacht erschöpft. Sie hatten sich auf ihren Posten entlang der Brustwehr niedergelassen und nahmen mit teilnahmslosem Blick ihr Frühstück ein oder nutzten die Ruhepause für ein kurzes Nickerchen. Der Hermelintyrann stellte voller Genugtuung fest, dass es ihm gelungen war, Marschank gegen die angreifenden Korsaren zu verteidigen. Aber Pantine war ein einfallsreicher Gegner. Wie würde wohl sein nächster Schachzug aussehen?

Von den Kochstellen der Korsaren am Strand stiegen ölig glänzende Rauchfahnen in die windstille Morgenluft auf. Die Piraten waren zutiefst erzürnt und verdrossen. Nicht genug, dass ihr Versuch, das Tor der Festung zu zerstören, misslungen war – nein, sie hatten auch noch die Schmach erdulden müssen, ihr Schiff völlig ausgebrannt auf den Grund des Meeres sinken zu sehen. Käpt'n Tramon Pantine und mehrere seiner Schiffskameraden saßen hinter einer halbkreisförmig angeordneten Felsengruppe nahe der Gezeitenlinie und verhörten ihre Gefangenen.

Es handelte sich um den unglückseligen Fetzenschädel und sechs seiner Bogenschützen. Eng zusammengekauert hockten sie am Strand. Ihre Pfoten und Schnauzen waren mit rauen, getrockneten Seetangfasern qualvoll fest zugeschnürt. Fetzenschädel unterdrückte ein verängstigtes Wimmern, als er mit weit aufgerissenen Augen in die erbarmungslosen Gesichter der Seeratten starrte und Pantines boshaften Blick auf sich ruhen sah. Die Augen des Hermelinpiraten funkelten, als er sein Entermesser zog, hämisch grinsend die Klinge ableckte, sie auf den zitternden Fuchs richtete und daran entlangblickte.

»Nun, dann sag mir doch ma', Fetzenschädel: Was würdest du mit jemandem machen, der dein Schiff in Brand gesteckt und versenkt hat, hm?«

Fetzenschädels Schnauze war zugebunden. Ein ersticktes Schluchzen war alles, was er zustande brachte. Pantine schwang sein Entermesser und schlug nach dem Kopf des wie versteinert dasitzenden Fuchses. Er stutzte mehrere Schnurrhaare und durchtrennte den Knebel mit einem sauberen Schnitt. Fetzenschädel fiel auf der Stelle in Ohnmacht und sackte in sich zusammen. Die Korsaren brachen in schallendes Gelächter aus und übergossen ihn mit Meerwasser, damit er wieder zu sich kam.

Tramon Pantine berührte Fetzenschädels Nasenspitze mit dem Ende seines Entermessers. »Ich werd dir schon nich' den Kopf abhacken, Freundchen. Oh nein, das wär 'n viel zu schneller Tod für 'ne Kreatur wie dich. Na los, Kumpels! Sagt diesem Abschaum, was wir mit solchen Halunken machen, die Schiffe abfackeln und versenken.«

Die Korsaren kitzelten Fetzenschädel mit den scharfen Spitzen ihrer Messer, während sie ihm ihre Foltermethoden aufzählten.

»Wir hängen sie kopfüber in ’nen Teich voller Krebse!«

»Wir garen sie schön langsam auf kleiner Flamme!«

»Wir hacken ihnen die Pfoten ab und stopfen sie ihnen ins Maul!«

»Wir nehmen sie als Rammbock und schlagen mit ihrem Schädel das Tor der Festung ein!«

»Oh nein, bitte nicht, Käpt’n!«, jammerte Fetzenschädel vor Verzweiflung. »Lasst nicht zu, dass die so was mit mir machen! Ich hab doch nur Böswills Befehle ausgeführt!«

Pantine setzte sich neben den Fuchs und strich ihm beruhigend über den Kopf. »Is’ ja schon gut, Kumpel. Jetzt trockne dir ma’ die Tränen und hör auf, hier rumzuheulen. Der alte Tramon Pantine hat schließlich ’n butterweiches Herz. Ich würd nich’ erlauben, dass dich jemand umbringt. Aber hör gut zu! Du musst ’nen Eid drauf schwör’n, dass du genau das tust, was ich dir sage.«

Fetzenschädel nickte nachdrücklich. »Das tu ich, Käpt’n, das tu ich. Da geb ich Euch mein Ehrenwort als Fuchs drauf!«

Leise kichernd tätschelte Tramon dem Fuchs sanft die Wange. »Natürlich tuste das, Kumpel! Denn, wenn du ’s nich’ tust, wirste dein blaues Wunder erleben. Dann wird das, was meine Mannschaft dir angedroht hat, ’n Zuckerschlecken sein, verglichen mit dem, was ich mit dir mache, wenn ich dich in die Pfoten kriege. Und nu’ pass auf! Du gehst folgendermaßen vor …«

»Was wird mit denen geschehen?« Fetzenschädel wies mit einer Kopfbewegung auf seine sechs gefesselten Kameraden.

Tramon zwinkerte viel sagend. »Ach, nu’ lass dir wegen dem Haufen nur keine grauen Haare wachsen. Solche elendigen Würmer machen einem als Galeerensklaven nur das Leben schwer. Sie werden noch vor Einbruch der Nacht als Fischfutter enden, Kumpel.«

Fetzenschädels einstige Bogenschützen stöhnten vor Entsetzen leise auf.

Der Sklavenverschlag bestand aus einem kreisförmigen Palisadenzaun aus aufrecht stehenden Holzstämmen, die in die Erde getrieben worden waren und durch Seile zusammengehalten wurden. Er hatte nur ein einziges Tor, das für gewöhnlich verschlossen war. Im Verschlag halfen die Insassen sich selbst, so gut es ging. Die meisten von ihnen schliefen dicht an den Zaun gedrückt auf Säcken, andere unter einer einfachen hölzernen Überdachung, die einem kleinen Teil des Verschlages Schatten spendete. Abends wurde den Sklaven gestattet, in der Mitte ihrer Einfriedung auf der staubigen Erde ein Feuer zu entfachen.

Keyla und die übrigen Sklaven hatten die ganze Nacht an der Barrikade gearbeitet. Unermüdlich hatten sie Schutt und Steine herbeigetragen, um das Tor abzustützen, damit es dem Rammbock auch weiterhin standhielt. Nun saßen sie hinter Schloss und Riegel im Sklavenverschlag. Solange Marschank belagert wurde, blieb ihnen die Arbeit im Steinbruch und auf dem Feld erspart.

Der alte Borkenhans schüttelte sorgenvoll den Kopf. »Wir sitzen ganz schön in der Tinte. Für uns ist es doch gehupft wie gesprungen: Wenn Böswill gewinnt, wird sich an unserem Sklavendasein nichts ändern. Wenn allerdings die Korsaren den Sieg davontragen, dann werden sie uns zwingen, ihr Schiff wieder flottzumachen oder ein neues zu bauen, und dann werden wir alle als Galeerensklaven enden. Die Sklaverei an Land ist ja schon übel genug, aber das Leben eines Galeerensklaven ist schlimmer als der Tod.«

Inmitten des besorgten Gemurmels, das nun einsetzte, meldete Keyla sich zu Wort.

»Das sind zwar schlechte Aussichten, aber ich habe auch ein paar gute Neuigkeiten. Bevor wir im Morgengrauen hierher zurückgetrieben wurden, hatte ich die Gelegenheit, die Gefängnisgrube in Augenschein zu nehmen. Es war niemand mehr da. Martin, Felldoh und Broom sind entwischt – sie sind frei!«

Borkenhans' Kinn begann zu beben, als er Keylas Pfote tätschelte. »Das sind in der Tat gute Neuigkeiten. Mein Sohn Felldoh ist wieder ein freies Eichhörnchen! Er wird bestimmt Hilfe herbeiholen! Ihr werdet schon sehen!«

»Natürlich wird er das – und Martin auch«, pflichtete Stechginster, der alte Igel, ihm bei. »Er ist ganz schön zäh, dieser junge Mäuserich. Er wird sich schon darum kümmern, dass uns irgendwie geholfen wird!«

Die Sklaven nickten zustimmend, ein oder zwei von ihnen stießen sogar leise Jubelrufe aus. Borkenhans brachte sie mit einer Pfotenbewegung zum Schweigen.

»Keyla, wolltest du noch etwas sagen?«

Der junge Otter hielt ein Stück Sackleinen hoch. Es klirrte, als er zwischen den Sklaven auf und ab ging und mit leiser, klarer Stimme zu ihnen sprach.

»Das mit der Hilfe von außen ist ja alles gut und schön! Aber was tun wir, um uns selbst aus der Patsche zu helfen? Es bringt doch nichts, wenn wir nur auf unseren Schwänzen herumsitzen, kluge Reden schwingen und darauf warten, dass andere für uns die Kastanien aus dem Feuer holen. Seht her!«

Er ließ einen Zipfel des Sackleinens los, worauf mehrere Waffen klirrend zu Boden fielen. »Es sind drei Messer, eine Speerspitze und vier Wurfschlingen. Ich habe sie dem toten Ungeziefer abgenommen, als wir letzte Nacht inmitten des Kampfgetümmels am Arbeiten waren. Damit wäre der Anfang für unsere Waffensammlung geschaffen.«

Portulak, die Mäusemutter, trat mit ihrem kleinen Kind auf dem Arm vor. Sie zog das Stahlblatt einer Axt sowie eine zerbrochene Schwertklinge aus dem Tragetuch des Kleinen und legte sie zu Keylas Waffen.

»Ich konnte die hier beschaffen. Es ist nicht viel, aber es ist ein Anfang.«

Nach und nach traten auch andere vor, um ihren Beitrag zu leisten.

»Der Dolch hier hat zwar keinen Griff, aber er ist ziemlich scharf.«

»Dies ist die Spitze von einem langen Spieß. Wir brauchen nur noch eine Stange dafür.«

»Ich habe eine Peitsche und diese zwei Pfeile mitgebracht. Der Bogen war leider zu groß, den konnte ich nicht mehr tragen.«

»Von mir kommen noch ein Beutel mit Wurfsteinen, eine Schleuder und dieser Eisenhaken hier.«

Ein Igelkind, das gerade erst dem Säuglingsalter entwachsen war, kam angewackelt und trug sein Scherflein zu dem kleinen Waffenarsenal bei. »'n Dolch und Deine zum Weaf'm!«

Tallgruh, die Otterfrau, begann, die Waffen einzusammeln. »Das habt ihr gut gemacht. Wir sollten aber ein Versteck für die Sachen finden, bis der richtige Zeitpunkt gekommen ist. Ich werde sie unter meinem Strohsack in der Erde vergraben.«

Stechginster nickte zustimmend. »Gute Arbeit. Und vergesst

nicht: Haltet stets zusammen, helft einander und stehlt Böswill und seinen Schurken, was ihr nur könnt. Mit jedem weiteren Tag wird unsere Stärke und Entschlossenheit wachsen, meine Freunde. Unsere Körper führen zwar ein Sklavendasein, aber in unseren Seelen und Herzen sind wir frei!«

Damit war die Versammlung aufgelöst, und Tallgruh begann, die Waffen zu vergraben. Druhp, der Rötelmäuserich, stellte sich schlafend, beobachtete jedoch durch halbgeschlossene Lider, an welcher Stelle Tallgruh zu scharren begann.

Die Sklaven schnieften und stöhnten im Schlaf. Das Feuer in der Mitte des überfüllten Verschlages erlosch allmählich, und die Sterne des samtenen, dunklen Nachthimmels blickten auf die elendigen, unglücklichen Kreaturen herab, die unter ihnen schliefen. Alle, bis auf zwei.

Keyla ließ Druhp keine Sekunde aus den Augen!

Im Licht der Morgendämmerung stellte sich heraus, dass das kleine Boot vom ablaufenden Wasser weit aufs Meer hinausgetragen worden war. Es hüpfte auf den wogenden grauen Wellen auf und ab wie ein Blatt im Wind. Felldoh, Martin und Broom schöpften mit Pfoten und Ruderblättern das Wasser aus dem Rumpf und versuchten, es über den Bootsrand zu schütten, aber sie führten einen aussichtslosen Kampf. Rose stand im Heck und spähte angestrengt in die Ferne. Sie hoffte, Land zu sichten, aber in welche Richtung sie auch blickte, überall waren sie nur von turmhohen grau-grünen Wellen umgeben. Unglücklich saß Brummel auf seinem Platz, dichtete mit seinem Hinterteil, so gut es ging, das Leck ab und schöpfte mit seiner kleinen Kelle Wasser, während das Boot ganz allmählich immer tiefer sank.

»Herraja, I dua nich schwimma könna. 's wär a Schand, wenn i am End ärtrinka würd.«

Plötzlich schlug etwas so heftig gegen die Flanke des Bootes, dass das Holz krachte. Broom hielt mit dem Wasserschöpfen inne und blickte auf.

»Hoffentlich war das ein Fels oder irgendetwas, das an uns vorbeigetrieben ist. Ich darf gar nicht daran denken, dass es ein großer Fisch gewesen sein könnte!«

Rose spähte angestrengt ins Wasser. Ihre Augen weiteten sich vor Entsetzen. Sie sah schnell wieder auf und tat so, als ließe sie ihren Blick über den Horizont schweifen.

Ihr Bruder rief kopfschüttelnd: »Komm schon, Rosie! Mir kannst du nichts vormachen. Ich hab genau gesehen, wie du ins Wasser gestarrt hast. Was ist denn nun da unten?«

»Da ist ein großer Fisch!«, antwortete Rose leise, fast schon flüsternd.

Sie hörten auf, Wasser zu schöpfen. Felldoh kicherte, aber es klang wenig überzeugend. »Ist er groß genug, dass es sich lohnen würde, ihn zu fangen und zu verspeisen?«

Rose schüttelte den Kopf. »Es ist genau anders herum, mein Freund. Er ist groß genug, um uns zu fangen und zu verspeisen!«

Und wieder verspürten sie einen dumpfen Schlag gegen die Bootsflanke. Brummel saß wie angewurzelt auf seinem Platz und warf einen gequälten Blick gen Himmel.

»Herraja, i dua übraupt nich dra denka dürfa, doss mei arma Po unta aus däm Boot ragat, wo doch so a großr Fisch untr mi rumschwimma duat.«

Der Fisch stieß erneut zu!

Diesmal beschädigte er die Planken, sodass das Meerwasser

noch schneller hereinströmte und das Boot noch ein Stück tiefer sank.

Martin packte eines der Ruder. »Hiermit können wir uns ganz gut über Wasser halten, Felldoh. Nimm du dir das andere Paddel und halte dich mit Broom daran fest. Rose, Brummel und ich werden uns dieses hier teilen. Wenn wir getrennt werden, treffen wir uns im Mittagstal. Aufgepasst, es ist so weit!«

Das Meerwasser strömte nun auf beiden Seiten über die Bordkante, sodass das Boot sich restlos füllte und unter ihnen in der Tiefe des Meeres versank. Von einer Sekunde zur anderen befanden sie sich alle im Wasser. Sie klammerten sich an die Ruder und strampelten nach besten Kräften mit den Hinterpfoten. Martin tauchte seinen Kopf ins Wasser und spähte hinab. Ganz schwach konnte er unter sich die riesenhafte Gestalt eines Meeresfisches erkennen, der dem sinkenden Boot hinterherjagte, das unaufhaltsam in der grünlich schimmernden Tiefe verschwand. Als er den Kopf aus dem Wasser hob, hörte er Rose rufen: »Broom, Felldoh, hier sind wir! Könnt ihr uns erreichen?«

Der junge Mäuserich und das Eichhörnchen trieben auf dem Kamm einer großen Sturzwelle davon, während Martins Ruder, das die Last von drei Geschöpfen zu tragen hatte, unter Wasser gedrückt wurde. Sofort ließ Martin das Paddel los. Es tauchte wieder auf und wurde von den Wellen fortgetragen, sodass der Mäuserich hinter ihm herschwimmen musste. Rose begann, wie wild zu strampeln, um das Ruder zu drehen, damit es wieder auf Martin zutrieb.

Brummel half ihr dabei, so gut er konnte. Er rief: »Martn, duat z' mi rübrschwimma. Villicht duat Yi mei Pfot erreicha könna!«

Unter großen Mühen kam Martin ein winziges Stück näher an seine Freunde und ihr Ruder heran. Rose paddelte aus Leibeskräften mit den Hinterpfoten gegen die Strömung an, damit das Ruder nicht noch weiter fortgetrieben wurde, während Brummel sich im Wasser zu seiner ganzen Länge ausstreckte.

Vereinzelte Sonnenstrahlen begannen, die sturmgetriebene graue Wolkendecke zu durchbrechen, und ein starker Sommerregen setzte ein, der sintflutartig auf die Meeresoberfläche niederprasselte. Martin, der schon fast nichts mehr sehen konnte und immer wieder Salzwasser ausspuckte, spürte, wie er mit seinem ausgestreckten Arm gegen Brummels Hinterpfote stieß. Verzweifelt klammerte er sich daran fest.

Rose rief ihm zu: »Bleib so, Martin. Du brauchst einfach nur Wasser zu treten. Ich werde das Paddel entlasten, und wenn ich müde werde, tauschen wir einfach die Plätze.«

Rose strampelte mit ihren Pfoten im Rhythmus der Wellen, worauf das Ruder im strömenden Regen durch die wogende See dahinglitt.

Felldoh reckte den Kopf gen Himmel und versuchte, mit weit geöffnetem Mund etwas Regenwasser aufzufangen. Broom hatte sich auf das Ruder gezogen. Besorgt ließ er seinen Blick über die sturmgepeitschte Weite schweifen.

»Es ist keine Spur von ihnen zu sehen. Die Wellen sind einfach zu hoch!«

Noch ehe Felldoh antworten konnte, bäumte sich das Wasser unter ihnen auf, sodass sie beide hoch in die Luft gehoben wurden. Der große Fisch hatte das sinkende Boot wie eine leere Erbsenschote herumgewirbelt. Für ihn war es das ideale Spielzeug, das er mit seinem gewaltigen Körper bald hierhin, bald dorthin stieß und schubste.

Schließlich verlor der Fisch das Interesse an dem Boot und begann, sich auf das Ruder zu stürzen, an dem Felldoh sich noch immer festklammerte. Der Eichhörnchenjüngling sah, wie das weit aufgerissene Maul mit seinen zahllosen Reihen spitzer weißer Zähne und seiner rosaroten Rachenhöhle durch das Meer auf ihn zugebraust kam. Er ließ das Ruder los und tauchte unter. Felldoh spürte einen dumpfen Schlag gegen seinen Rücken, als die riesenhafte Kreatur das Ruder packte und mit ihm davonschwamm. Ausgelassen tollte der Fisch umher. Er vollführte Luftsprünge, bei denen er mitunter seinen halben Körper aus dem Wasser katapultierte. Dann tauchte er plötzlich ab und war im Nu verschwunden.

Der Rumpf des gekenterten Bootes stieß gegen Felldohs Kopf. Broom lehnte sich vornüber und packte ihn bei den Ohren. »Ich hab dich, Kumpel!«

Mühsam strampelnd gelang es dem Eichhörnchen schließlich, sich auf den aus dem Wasser ragenden Kiel zu ziehen, an dem sich auch Broom mit allen vier Pfoten festhielt. »Puh! Das war ganz schön knapp. Immerhin, einen günstigen Tausch kann man kaum als Diebstahl bezeichnen. Der Fisch kann das Paddel meinetwegen behalten, dafür haben wir das Boot wieder.«

Felldoh wischte sich den niederprasselnden Regen aus den Augen. »Hoffen wir, dass der Spieltrieb dieses Monsters bald nachlässt. Nicht dass er wieder zum Boot zurückkommt, wenn er das Ruder zerkaut hat. Sei so gut und halte mich mal fest, Kleiner. Ich will versuchen, nach den anderen Ausschau zu halten.«

Broom klammerte sich an die Hinterpfoten des Eichörnchens und Felldoh stand vorsichtig auf, um seinen Blick über das stürmische Meer schweifen zu lassen. Vereinzelt drangen Sonnenstrahlen durch die Wolkendecke, die an einigen Stellen den Blick auf einen strahlend blauen Himmel freigab. Der Wind schickte schwere Sturzwellen über das Meer und peitschte die Wellenkämme so heftig, dass weiße Gischt hochspritzte.

»Und? Kannst du sie sehen?«

Felldoh schirmte seine Augen mit einer Pfote gegen den Regen ab. »Keine Spur, aber da ist ein dunkler Fleck am Horizont. Das ist bestimmt Land. Wir scheinen Flut zu haben, denn wir treiben direkt darauf zu.«

Broom konnte nicht sagen, ob die Feuchtigkeit in seinen Augen vom Regen kam oder ob es Freudentränen waren. »Den Jahreszeiten sei Dank! Ich wollte um keinen Preis der Welt Seefahrer werden. Ich finde, man sollte das Wasser lieber den Fischen überlassen.«

Der Morgen schleppte sich dahin und noch immer schien der Regen nicht nachlassen zu wollen.

Brummel klammerte sich im Halbschlaf an das Ruder, während Rose sich an seinen Hinterpfoten festhielt. Martin strampelte unterdessen beharrlich weiter und schob das Ruder vor sich her. Sein Körper war schon ganz steif und taub vom kalten Wasser und vom Regen, der auf ihn einprasselte. Die Sonne hüllte das Meer in ein prachtvolles, farbenfrohes Licht. Rose öffnete ihre salzverkrusteten Augen und blickte wie gebannt auf das wunderschöne Schauspiel. Einen Moment lang war sie wie verzaubert, doch dann riss Martins Stimme sie aus ihren Träumen.

»Die Sonne geht doch im Westen unter, oder?«

Rose nickte. »Hmm, ich glaube schon.«

Martins Stimme wurde plötzlich ganz heiser vor Aufregung. »Das hier ist das Ostmeer. Wäre es früh am Morgen, dann würde die Sonne an seinem Horizont aufgehen. Ist dir denn nicht klar, was das bedeutet, Rose?«

»Ich bin zu müde, um darüber nachzudenken, Martin. Sag mir einfach, was es bedeutet.«

»Es bedeutet, dass wir landeinwärts blicken müssen, um die Sonne am Nachmittag zu sehen. Wenn wir jetzt die Sonne vor uns haben, dann schwimmen wir direkt auf das Festland zu!«

Rose war schlagartig hellwach, zog sich mit einem Ruck auf Brummels Rücken und stieß einen lauten Schrei aus.

»Das Festland!«

Es war noch in weiter Ferne, aber es war zweifellos Land. Dunkle Klippen hoben sich gegen den Himmel ab. Rose klopfte ihrem Maulwurfsfreund begeistert auf die nassen Schultern.

»Land, Brummel! Vor uns ist Land zu sehen!«

»I dua 's erst glauba, wenn i 's untr diesa Grabklaua hiera spüra kaa, Frolleinche. Wenn 's wirklich so seia duat, dann werdat koinr diesa Maulwurf hiera je wiedr Wassr trinka seha. Un drin schwimma werd i scho übraupt nich.«

Martin schöpfte wieder Kraft und strampelte noch entschlossener auf das Festland zu.

10

Eine Zeit lang beobachtete Zisch, der Wieselhauptmann, den Rötelmäuserich, der sich in der Nähe von Böswills Holzhaus herumtrieb. Dann schlich er sich lautlos an ihn heran und drückte dem Ahnungslosen einen Dolch gegen den Rücken.

»Keinen Mucks, sonst biste 'n toter Mäuserich!«

Druhp verharrte reglos. Er schien nicht im Geringsten beunruhigt zu sein. »Mein Name ist Druhp. Wenn Ihr mich tötet, Hauptmann, werdet Ihr Euch vor Fetzenschädel verantworten müssen. Ich bin nämlich sein Spitzel.«

Zisch bewegte seine Pfote aufwärts, bis die Spitze seines Dolches Druhps Hals berührte. »Du lügst. Ich denk mal, ich werd dich trotzdem töten.«

»Das könnt Ihr gerne tun«, erwiderte Druhp mit einem Achselzucken, »aber dann entgehen Euch wertvolle Informationen.«

»Ach ja? Und welche, beispielsweise?«, fragte Zisch mit verächtlich geschürzten Lippen.

»Zum Beispiel, dass die drei Gefangenen nicht mehr in Eurer Grube sind. Sie sind entflohen.«

Zisch wirbelte Druhp herum und starrte ihm ins Gesicht. »Du lügst. Aus der Gefangenengrube kann man nich' fliehn!«

Ein verschlagenes Lächeln huschte über Druhps Gesicht. »Dann geht doch hin und seht nach. Wenn ich lüge, könnt Ihr mich hinterher immer noch töten. Weggehen kann ich ja schließlich nicht.«

Zisch packte Druhp beim Nackenfell und hielt ihm das Messer an die Kehle. »Und ob ich hingehn und nachsehn werde! Wenn du lügst, dann komm ich zurück und bring dich um. Fetzenschädel wird deine Haut auch nich' retten – oder wusstest du etwa nich', dass er seit gestern Abend vermisst wird?«

Böswill stand auf der Mauer, als Zisch sich dem Tyrannen vorsichtig näherte und ihm ins Ohr flüsterte: »Die drei Burschen in der Gefangenengrube sind weg.«

Böswill verengte die Augen zu Schlitzen. »Weg? Was soll das heißen? Sind sie gestorben oder getötet worden?«

»Nein, Herr, sie sind geflohn.«

»Was für ein Blödsinn! Niemand entkommt aus meiner Gefangenengrube.«

»Das hab ich ja auch gedacht, Herr, aber sie sind wirklich weg. Ich bin runtergegangen und hab selber nachgesehn. Das Merkwürdige daran is', dass sie überhaupt keine Spur'n hinterlassen ha'm. Das Gitter war fest verschlossen und die Grube gesichert.«

»Wie hast du eigentlich herausgefunden, dass sie fort sind?«

»Einer der Sklaven, 'n Rötelmäuserich namens Druhp, hat's mir gesagt. Er behauptet, Fetzenschädels Spitzel zu sein.«

Böswill drehte und wendete einen tödlich aussehenden Dolch in seiner Pfote und tippte sich damit gegen die Zähne. »Hmm, der könnte sich noch als nützlich für uns erweisen. Lass ihn morgen in mein Haus bringen. Aber gib Acht, dass keiner der anderen Sklaven davon erfährt.«

Ein lauter Ruf scholl vom Ufer zu ihnen herauf: »Böswill, alter Schiffskamerad! Raus mit der Sprache: Haste genug?«

»Bist du das, Pantine, mein Bester?« Ein dünnes Lächeln umspielte die Lippen des Tyrannen, als er in seine frühere Korsarensprache zurückfiel. »Das sollte ich *dich* fragen. Schließlich hab ich dein Schiff abfackeln und deine Boote durchlöchern lassen. Ich hab dafür gesorgt, dass dir rein gar nix mehr bleibt. Hinter dir haste das Meer und vor dir meine Festung und meine Horde. So sieht's nämlich aus! Na, was sagste jetzt?«

Käpt'n Pantines ausgelassenes Gelächter drang aus dem Dunkel der Nacht an ihr Ohr. »Haharrharr! Aber einige von euren Halunken sind euch abhanden gekommen. Meine Rabauken ha'm nich' grad wenige von euch erledigt und deinen alten Schiffskameraden Fetzenschädel hab ich mir auch geschnappt. Der is' verschnürt wie 'n Suppenhuhn, kurz bevor 's in den Topf kommt. Ach ja, ehe ich's vergesse: 'n paar von deinen kleinen Sklavenlieblingen sind dir entwischt. Wusstest du das eigentlich?«

Böswill tippte sich mit dem Dolch gegen die Zähne, bevor er antwortete: »Raus mit der Sprache, Tramon. Was willste von mir?«

»'nen Waffenstillstand! Ich will mit meinem alten, einstigen Schiffskameraden verhandeln.«

»Oho, woher denn dieser plötzliche Sinneswandel? Und überhaupt: Warum sollte ich mit deinesgleichen Verhandlungen führn, du großer geflochtener Meeres-Schwabber?«

»Ganz einfach! Wenn du 's nich' tust, werd ich deinen prachtvollen Palast bis in alle Ewigkeit belagern. Für mich isses 'n Leichtes, direkt auf deiner Türschwelle zu kampieren, in deinen Gewässern zu fischen und deine Felder zu plündern. Ich und meine Jungs bleiben einfach, wo wir sind. Ich kann dich bekriegen, bis deine Augen schwach werden, dein Bart ergraut is' und deine Jahreszeiten ihrem Ende entgegengehn. Dann wird nämlich nix aus deinem schicken Reich, denn früher oder später wird deine Horde am Verhungern sein. Also sei 'n braver Bursche und lass uns Verhandlungen führn.«

Böswill dachte einen Augenblick über den Vorschlag nach. »Gib mir bis morgen früh Bedenkzeit, Tramon. Übrigens wär's 'ne nette Geste von dir, wenn du Fetzenschädel zu uns zurückkehrn lassen würdest. Als Zeichen deines Vertrauens sozusagen.«

»Haharrharrharr! Du warst schon immer 'n Schlitzohr, Kumpel. Na, meinetwegen. Mach dein Tor auf, dann lassen wir den Fuchs laufen.«

Diesmal war es Böswill, der zu kichern begann. »Das Tor wird schön fest verschlossen bleiben, Tramon. Mit deinem Rammbock haste's nich' aufgekriegt, mit 'nem Fuchs wird dir das schon ga' nich' gelingen. Ich werd dafür sorgen, dass 'n Korb an 'nem Seil runtergelassen wird. Damit werden wir Fetzenschädel hochhieven.«

»Hoho, was biste doch für 'n misstrauischer Halunke! Und das, wo ich ohne jede böse Absicht hergekommen bin. Na gut, Kumpel. Wir machen dein Spielchen mit. Sumpfer, Grautsch! Bindet den Fuchs los und lasst ihn nach Hause gehn. Ich wünsch dir 'ne gute Nacht, Böswill. Mögen sonnige Jahreszeiten deine Koje erhelln.«

Böswill steckte seinen Dolch in die Scheide. »Dir auch 'ne gute Nacht, Tramon. Mögen sanfte Brisen deine Segel stets mit Rosenduft fülln.«

Eine Stunde später lag Fetzenschädel bereits bei Böswill auf der Folterbank, wo er einem eingehenden Verhör unterzogen wurde.

Broom und Felldoh ließen sich auf alle viere nieder und bedeckten den feuchten Sand immer wieder mit Küssen. Es war wundervoll, wieder festen Boden unter den Pfoten zu haben, ganz gleich, ob er nun feucht oder trocken war.

Der Eichhörnchenjüngling besah sich den Ort, an dem sie gelandet waren. »Ich weiß genau, wo wir uns befinden, Broom. Siehst du die Holzkohle an der Gezeitenlinie?«

Es knirschte, als Broom in der Dunkelheit auf die Kohle trat. Er bückte sich, um ein Stück aufzuheben.

»Hmm, das ist verbranntes Holz, das sich zur Hälfte voll Wasser gesogen hat. Ich frage mich, wo das herkommt.«

Felldoh wies in die Bucht hinaus. »Genau von dort, Kumpel. Dort ist nämlich das Korsarenschiff abgebrannt und gesunken. Hinter diesen Hügeln hier muss die Festung Marschank liegen, es ist also höchste Vorsicht geboten. Wir sollten möglichst lautlos weitergehen.«

Broom nahm Felldohs Pfote fest in die seine. »Wo du hingehst, Kumpel, da will ich auch hingehen. – Wo gehen wir denn eigentlich hin?«

»Unser endgültiges Ziel ist das Mittagstal. Aber zunächst einmal müssen wir nach unseren Freunden Ausschau halten. Wir sollten uns ein Versteck suchen, wo wir uns ausruhen können, bis wir wieder trocken sind. Außerdem sollten wir zusehen, dass wir etwas Essbares auftreiben. Bis es hell wird, können wir ohnehin nicht viel ausrichten. Also wird es das Beste sein, wenn wir verschnaufen und etwas essen.«

Sie überquerten den Strand und gingen Richtung Westen auf die Klippen zu.

Broom plapperte ohne Unterlass. »Verschnaufen und essen, das klingt großartig. Ich wette eine Eichel gegen eine Eierschale, dass Rose und Martin in diesem Moment auch nichts anderes tun. Sie werden bequem zurückgelehnt dasitzen und sich voll stopfen. Brummel wird mal wieder am Kochtopf stehen. Nach meiner Mutter ist er der beste Koch im ganzen Mittagstal. Wenn er seine kleine Schöpfkelle schwingt, die er immer bei sich trägt, und Eintopf oder Suppe damit umrührt ... Mmmm! Dann duftet das vielleicht! Bestimmt hat er sogar etwas von d...«

»Psst, Broom. Was war das eben?«

Geschwind hielt der Eichhörnchenjüngling seinem redseligen jungen Freund mit einer Pfote den Mund zu. Beide blieben reglos stehen und lauschten. Die Nachtbrise trug Klänge zu ihnen herüber: Musikinstrumente wurden gespielt. Gesang war auch zu vernehmen. Broom zeigte auf einen schwachen Lichtschein in einer Spalte zwischen den Klippen. Als sie sich vorsichtig ein Stück weit genähert hatten, legten die beiden Freunde sich auf den Bauch und krochen den Rest des Weges auf allen vieren voran.

Vor sich erspähten sie eine Art behelfsmäßiges Zelt, das zwischen einem zweirädrigen Karren und ein paar Felsen errichtet war. Der schwache Schein eines Feuers warf verzerrte Schattenrisse der im Zelt befindlichen Gestalten gegen die Leinwand. Broom und Felldoh lagen im Schutz der Dunkelheit und lauschten dem Gesang.

»Die Fahrende Farnkraut-Truppe sind wir,
für Alt und Jung sind wir da.
Unser Ruf, er schallt über Feld und Wald,
und wer uns sieht, schreit: ›Hurra!‹
Die Fahrende Farnkraut-Truppe sind wir,
wir spielen ein jedes Stück.
Ganz gleich, ob Freud oder auch Leid –
uns ist noch alles geglückt.
Ist der Weg auch mal für uns eine Qual
und das Wetter gar kalt und grau,
wenn ein Lied erklingt, ziehn wir weiter beschwingt
auf unserem Farnkrautweg. Jau!«

Als das Lied beendet war, ertönte eine tiefe Stimme: »Nein, nein, so geht es nicht! Ballor, du sollst Celandine erst auffangen, wenn die letzte Zeile gesungen wird. Du warst viel zu früh dran, deshalb konnte sie Gauchee auch nicht den Fächer abnehmen. Da müssen wir noch dran feilen. Versucht es noch mal ganz von vorn. Eins, zwei: Diiee Fahrende Farn... Ballor! Würdest du jetzt bitte die Pastete beiseite legen und deinen Platz einnehmen! Hier, jetzt gib schon das verflixte Ding her. Du hast nun wirklich mehr als genug gegessen!«

Eine angebissene Pilzpastete wurde aus der Zeltöffnung geschleudert und schlug geradewegs zwischen Felldohs Ohren auf.

Der Pastete folgte ein Hase, der mit einem großen Satz hinter ihr hersprang und dabei ebenfalls zwischen Felldohs Ohren landete. »Da entreißt sie einem einfach so das Abendessen und wirft es fort. Das gehört sich aber nun wirklich nicht, Eiche! He, wen haben wir denn da? Hier steckt ein vermaledeites Eichhörnchen im Gebüsch, das meine Pastete als Hut missbraucht!«

Es folgte ein heilloses Durcheinander. Broom stürzte sich auf den Hasen und versuchte, ihn von Felldoh fortzuzerren. Sein Eichhörnchenfreund klammerte sich derweil beherzt am Schnurrhaar des Hasen fest und bemühte sich, den Tritten der langen Hinterbeine auszuweichen. Unterdessen kamen zwei Mäuse, ein Maulwurf und zwei Eichhörnchen aus dem Zelt gestürmt, gerieten ins Stolpern und bildeten ein wirres Knäuel aus Pfoten, Beinen, Ohren und Schwänzen. Ein Höllenlärm brach los, als die ineinander verkeilten Tiere zu quieken, grunzen und heulen begannen. Felldoh war ein kampferprobter Krieger. Er krabbelte unter den anderen hervor, kletterte auf das Gewirr aus Leibern und schlug seine Zähne in den Schwanz desjenigen Gegners, der Broom im Schwitzkasten hatte.

»He, was ist denn hier los? Wirst du wohl sofort da herunterkommen!«

Felldoh wurde von einer wuchtigen Pfote hochgehoben und sah sich plötzlich den streng dreinblickenden dunklen Augen einer großen, alten Dächsin gegenüber, die ihn böse anknurrte.

»Wenn du deine Lippen nicht unverzüglich verschließt, sodass deine Zähne aus meinem Blickfeld verschwinden, werde ich mal mit Beißen anfangen – und meine Zähne sind wesentlich größer als deine!«

Mit ihrer anderen Pfote verteilte die Dächsin Hiebe, deren Wucht die ineinander verknäulten Gegner in sämtliche Richtungen kugeln ließ. Als sie Broom erblickte, hob sie ihn vom Boden hoch und schüttelte ihn kräftig durch.

»Benimm dich gefälligst, du kleines Früchtchen! Wie heißt ihr beide eigentlich? Und wieso treibt ihr euch in der Nähe unseres Lagers herum?«

Felldoh griff sich zwischen die Ohren, löste ein Stück Pastete aus seinem Fell, probierte es und nickte anerkennend. »Hmm, Pilzpastete. Wartet, lasst mich raten: Sie ist in einer Soße aus Frühlingszwiebeln angebraten worden, richtig? Schmeckt ausgezeichnet!«

Der Hase hob die Überreste der Pastete vom Boden auf. Er wischte sie ab, stopfte sie in sich hinein und fragte noch mit vollem Mund: »Wenn du was zu futtern von uns haben willst, alter Junge, warum klopfst du dann nicht einfach an unseren Karren und bittest höflich darum, was? Da brauchst du doch nicht heimlich hier herumzuschleichen!«

Broom, der noch immer in der Luft schwebte, drohte empört mit seinen Pfoten. »Wir sind gar nicht herumgeschlichen. Wir haben euer Feuer gesehen und euch singen gehört. Deshalb sind wir herübergekommen, um nachzusehen, was hier los ist. Ach ja, ich heiße übrigens Broom und bin der einzige Sohn von Urran Voh. Das hier ist Felldoh, der noch vor kurzem in Marschank festgehalten wurde. Guten Tag!«

Die Dächsin setzte ihn sanft ab und der Hase verneigte sich mit elegant vorgestrecktem Bein. »Freut mich, eure Bekanntschaft zu machen, keine Frage! Erlaubt mir bitte, uns vorzustellen. Wir, meine Herren, sind die Fahrende Farnkraut-Truppe. Ich bin Ballor de Reineclaude, Mime und Tragöde. Meine große Freundin hier heißt Eichenfarn. Sie zieht unseren Karren, verwaltet die Requisiten und übernimmt die Baritonstimme. Die beiden jungen Eichhörnchendamen dort sind Kleeblatt und Celandine, unsere Sopransängerinnen, Soubretten und Akrobatinnen. Der Maulwurf Schnaller ist unser jugendlicher Hauptdarsteller, Komödiant und Fänger. Die beiden Mäusemaids, Gauchee und Kasterna, tanzen auf dem Seil, singen im Chor mit und übernehmen im Allgemeinen das Bekochen der Truppe. Damit hätten wir wohl alle, meine Freunde. Äh, möchtet ihr vielleicht mit uns zu Abend essen?«

Broom zerrte an seinem locker sitzenden Gürtel. »Und ob wir das möchten, mein Herr. Mein Rückgrat hat sich soeben mit meinem Magen übers Essen unterhalten. Die beiden hängen meistens zusammen, wenn ich hungrig bin.«

Der Hase nickte anerkennend, sodass seine Hängeohren vor und zurück wippten. »Das hast du aber fein gesagt, mein junger Bursche. Du scheinst mir ja ein richtiggehender Spaßvogel zu sein, was?«

Nach der steifen Nachtbrise am Strand war es im Zelt angenehm warm und behaglich. Die Fahrende Farnkraut-Truppe war Felldoh und Broom gegenüber äußerst liebenswürdig und zuvorkommend. Sie reichten ihren Gästen Tücher, damit sie sich ihr Fell trocknen konnten, das vom Meerwasser noch ganz feucht war. Dann setzten sich alle ans Feuer und nippten an ihren Muschelschalen mit Möhren-Sellerie-Brühe. Eichenfarn suchte zwei Jacken heraus, wie sie auch von den Farnkraut-Gauklern getragen wurden. Sie waren in vier goldene und karmesinrote Viertel unterteilt, wurden von einem grünen Saum eingefasst und mit einem schwarzen Band gegürtet.

»Hier! Ihr solltet euch lieber etwas überziehen. Deine Jacke werde ich allerdings ein wenig auslassen müssen, wenn ich die Zeit dazu habe, Felldoh. Für ein Eichhörnchen bist du wahrlich ein stattlicher Bursche.«

Celandine strich über Felldohs kräftigen, buschigen Schwanz. »Hmm, das kann man wohl sagen!«

Felldoh hüstelte nervös und nahm eine warme Pilzpastete von Schnaller entgegen. Der freundliche Maulwurf reichte Broom ein großes Stück Kuchen.

»Hiera, Meistr. Brombärkucha mit Honich. Yi werdat doch b'stimmt wos Süßes möga.«

Der junge Mäuserich biss hinein und verdrehte verzückt die Augen. »Mmm, und ob! Süßigkeiten sind gut für die Stimme, müsst ihr wissen.«

Gauchee knabberte abwechselnd an einem Apfel und einer Möhre. »Ist das wahr? Das wusste ich ja gar nicht. Ich für meinen Teil esse immer nur Äpfel und Möhren. Kommt es denn oft vor, dass du singst, Broom?«

Völlig unerwartet erhob Broom seine durchdringende Tenorstimme zu einem raschen Jodler: »Holleradihidihidihidijooo! Aber natürlich! Das lasse ich mir auch nicht nehmen, Gauchee.«

Ballor nahm eine kleine Hasharmonika zur Pfote und stimmte sie. »Das ist doch großartig, mein junger Bursche. Kennst du zufällig das Bobbel-O-Rätsellied?«

Broom zwinkerte ihm zu. »Spiel nur auf, dann singe ich es für euch.«

Ballor spielte die ersten Takte und Broom begann, das Lied zu singen, wobei Eichenfarn ihn mit ihrem schönen Bariton als zweite Stimme begleitete. Die schwungvolle Melodie war so eingängig, dass schon bald die ganze Truppe, einschließlich Felldoh, im Takt dazu in die Pfoten klatschte.

»Bobbel o bobbel o bobbel o,
ich lebe nicht einfach irgendwo!
Weit über der Erde findest du mich,
dem Himmel so nah gedeihe ich.
Bobbel o bobbel o bobbel o,
sag meinen Namen, dann machst du mich froh.
Ich hänge hoch oben in luftigen Höhn,
wo Vögel kreisen und Winde wehn.
Mal grün, mal braun bin ich anzusehn.
Wenn der Winter kommt, muss ich vergehn.
Bobbel o bobbel o bobbel o,
sag mir, kannst du das Rätsel verstehn?«

Es folgte ein langer Beifall, und dem Mäuserich wurde von allen Seiten so begeistert auf die Schultern geklopft, dass sie bereits zu schmerzen begannen.

»Ausgezeichnet, ganz hervorragend, mein Junge!«

»Yi duat a sär schöna Stimm haba, Härr Broom!«

»Noch nie habe ich jemanden dieses Lied so schön vortragen hören. Du bist nicht ein Mal aus dem Takt gekommen!«

»Gut gemacht! Ich wünschte, wir hätten einen Tenor, dessen Stimme nur halb so gut wäre!«

Felldoh kratzte sich am Kopf. »Was war es denn nun?«

Broom biss von seinem Stück Kuchen ab. »Was war was?«

»Das Ding, wovon dieses Rätsellied handelt: Es ist mal grün, mal braun, hängt nahe dem Himmel, muss vergehen, wenn der Winter kommt ... Was war es denn nun?«

Ballor nickte Broom zu. »Das preiszugeben, ist Sache des Sängers, alter Knabe.«

Broom zwinkerte zu Felldoh hinüber. »Was kann es schon gewesen sein? Ein Blatt natürlich!«

Eichenfarn nahm zwischen den beiden Freunden Platz. »Und nun möchte ich etwas über euch erfahren. Wo kommt ihr her und wie seid ihr an diesen Ort geraten?«

Draußen fegte der Wind heulend über das trostlose Ostmeer. Es hatte zu regnen aufgehört und die Mondsichel tauchte zwischen den dahinjagenden nächtlichen Wolkenbänken auf und bedeckte die Küste mit einem unruhigen Muster aus silbrigem Licht und dunklen Schatten. In der Spalte zwischen den finsteren Klippen hatte die Truppe es sich unterdessen in ihrem Zelt behaglich gemacht. Felldoh und Broom saßen am Feuer, aßen und tranken und erzählten ihre Geschichte, während ihre neuen Freunde, die Mitglieder der Fahrenden Farnkraut-Truppe, gebannt lauschten.

11

Als der Regen aufhörte, spürte Martin, wie seine Hinterpfoten im Wasser auf festen Grund stießen. Er stellte sich aufrecht hin, sodass das plätschernde Meerwasser seinen Hals umspülte, und rüttelte Rose und Brummel wach, die beide eingeschlafen waren. »Wir sind an Land! Wir haben es geschafft! Helft mir, das Ruder ans Ufer zu ziehen.«

Sie hatten eine so lange Zeit im Meer verbracht, dass ihre Körper vom kalten Wasser gefühllos geworden waren und sie das Holz des Paddels kaum spüren konnten. Erschöpft krochen die drei Freunde auf den Sandstrand, der sich am Fuße hoher, dunkler Klippen erstreckte. Zitternd und hungrig blieben sie im Sand sitzen. Ihre Zähne schlugen heftig aufeinander und ihre Pfoten bebten unkontrolliert.

Durch salzverkrustete, trübe Augen spähte Brummel zu den Klippen empor.

»I dua mi fraga, wos da droba seia duat.«

Martin erhob sich ungelenk und massierte seine Glieder. »Eine kleine Höhle, wo wir für den Rest der Nacht eine Zuflucht finden, hoffe ich. Wollt ihr beide euch hier ausruhen, während ich mich dort oben umsehe?«

Rose und Brummel erhoben sich schwankend.

»Mir gefällt es hier nicht. Brummel und ich werden dich begleiten.«

»Haja g'nau, ma duat d' Gegnd hiera übraupt nich g'heur seia!«

Die Felsen waren dunkel und rutschig vom Regen. Martin ging voraus, während Rose die Nachhut bildete. Brummel nahmen sie in ihre Mitte, da er, wie fast alle Maulwürfe, nicht besonders gut klettern konnte. Alle drei hielten sich am Paddel fest, als sie sich an den Aufstieg machten, der sehr mühsam war, weil sie in der Dunkelheit immer wieder abrutschten. Es erschien ihnen fast wie eine Ewigkeit, als sie nach einer qualvollen Kletterpartie in der nassen Klippenwand endlich einen schmalen Felsvorsprung erreichten, auf dem sie sich ausruhen konnten. Die drei Freunde setzten sich, um zu verschnaufen. Weit unter sich hörten sie die Brandung, die im Dunkel der Nacht brausend und zischend an die Küste schlug.

Martin spähte nach oben. »Ich glaube, wenn wir noch ein kleines Stückchen weiter klettern, kommen wir an einen wesentlich breiteren Felsvorsprung. Dort müsste dann auch so etwas wie eine Höhle oder ein Felsspalt zu finden sein, der uns Schutz bietet.«

»Dua i nich hiera bleiba könna?«, seufzte Brummel erschöpft. »Mei v'rflixat Pfota duat ma sowieso grad oig'schlafa seia.«

Rose rieb ihrem Maulwurfsfreund energisch die Pfoten. »Armer Brummel. Meistergräber können nicht auch noch Meisterkletterer sein. Jetzt ist es nicht mehr weit, und wenn wir oben sind, kannst du dich richtig ausruhen. Ich werde mich morgen früh um das Frühstück kümmern, damit du etwas länger schlafen kannst.«

Dieser Vorschlag ließ Brummel sofort wieder munter werden. »Hajaj. Des duat abr sär nett von Eu seia, Frollein Rose. Da dua i Eu schön danka!«

Martin lief unwillkürlich ein Schauer über den Rücken. »Irgendetwas an diesem Ort gefällt mir nicht. Aber, was hilft's! Hier sind wir nun einmal gestrandet, und wir können es uns nicht leisten, wählerisch zu sein. Also kommt!«

Als alle drei nach einem kurzen, steilen Aufstieg mit ihren Vorderpfoten den Rand des Vorsprungs erreicht hatten, fielen plötzlich wie aus dem Nichts Netze auf sie herab, die sie ganz und gar einhüllten. Es waren raue, engmaschige Seetangnetze, die am Rand mit Steinen beschwert waren. Die Freunde verfingen sich mit ihren Pfoten, Schwänzen und Köpfen in den Maschen der Fangnetze und wurden schließlich von der Felswand weggezerrt, sodass sie über dem Abgrund hin und her baumelten. Unzählige winzige dunkle Gestalten hüpften und tänzelten auf dem breiten Felsvorsprung auf und ab. Schließlich zogen sie ihren Fang mit einem kräftigen Ruck nach oben. In Sekundenschnelle war alles vorbei. Martin, Rose und Brummel wurden wie Fische eingeholt und blitzartig mit Keulen bewusstlos geschlagen.

Durch dunkle Nebelschwaden glitt Martin langsam ins Bewusstsein zurück. Ein stechender Schmerz durchbohrte seinen Kopf, als er seine Augen öffnete und ins strahlende Sonnenlicht blickte. Er spürte, wie jemand ihm mit einem Stock wiederholt in den Rücken stieß.

»Großemaus aufwachen! Überfallangriff! Leichterfang sehrgut!«

Nun öffnete der junge Mäuserich seine Augen vollends und sah, dass er in einem stabilen hölzernen Käfig gefangen saß. Dieser war von winzigen mäuseartigen Kreaturen mit langen, zuckenden Schnauzen umgeben, die vor Begeisterung auf und ab tanzten. Eine von ihnen schien etwas wagemutiger zu sein als der Rest.

Sie tat einen Satz nach vorn und stieß Martin ihren angespitzten Stock in die Pfote. »Habdich, habdich, Großemaus! Hachach! Nichso großmehr!«

Der junge Mäuserich handelte blitzschnell. Mit einem einzigen Schlag seiner Pfote brach er den Stock entzwei und packte mit gefletschten Zähnen und wildem Blick die hölzernen Gitterstäbe. »Macht, dass ihr fortkommt, ihr trippelnden kleinen Schwachschädel! Lasst mich gefälligst in Ruhe!«

Er schrie so laut, dass die Winzlinge sich entsetzt die Ohren zuhielten und in alle Himmelsrichtungen auseinander stoben.

Wutentbrannt starrte Martin sie durch die Gitterstäbe an und knurrte grimmig: »Haltet euch bloß von mir fern, sonst fresse ich euch mit Haut und Fell – und zwar alle!«

Der Mäuserich ließ seine Zähne mehrfach kraftvoll aufeinander schlagen, wobei jedes Mal eine neue Welle des Schmerzes seinen pochenden Kopf durchzuckte. Er strich sich über die beachtliche Beule an seinem Hinterkopf, betrachtete eingehend die Umgebung und versuchte, sich ein Bild von seiner Lage zu machen.

Sein Käfig befand sich direkt am Eingang zu einer großen Höhle. An der gegenüberliegenden Wand konnte er zwei weitere hölzerne Käfige erkennen, in denen Rose und Brummel lagen, die noch immer bewusstlos zu sein schienen. Noch mehr der winzigen Kreaturen kamen vom Strand herauf und gingen in einem großen Bogen an ihm vorüber. Sie trugen Treibholzstöcke, an denen Schleimfische, Stinte und Butterfische festgezurrt waren.

Ihnen folgte ein Igel, der die Netze und Angelgeräte trug. Mit seinen Hinterpfoten war er an einen schweren Baumstamm gefesselt, den er notgedrungen hinter sich herschleifen musste.

Martin rüttelte an den Gitterstäben und rief ihm zu: »He! Wo sind wir hier und wer sind all diese kleinen Halunken?«

Ein Lächeln huschte über das Gesicht des Igels. Er zwinkerte

Martin freundlich zu. »Ich heiße Pallum. Kein Wort mehr. Ich komme wieder.«

Hinter ihm kamen noch weitere der kleinen Kreaturen, die ihn energisch vorwärts trieben.

»Machschon, machschon, Nadelkissen! Mundzu!«

Während sie sich zum hinteren Teil der Höhle begaben, begann Brummel, sich zu regen. »Ooh herraje! Mei arma alta Kopf! Do duat 's gonz schräcklich drin pocha un hämm'ra.«

Beim Klang der Maulwurfsstimme schien Rose zu erwachen. Im Nu war sie auf den Pfoten. Trotz ihres schmerzenden Kopfes begann die Mäusemaid, an den Gitterstäben ihres Käfigs zu rütteln und sie mit kräftigen Schlägen zu bearbeiten.

»Lasst mich sofort hier heraus, habt ihr gehört? Ihr sollt mich hier rauslassen!«

Brummel hielt sich die Ohren zu. »Hajaj, nu duat doch nich solch a Lärm macha, Frolleinche! Yi duat meim Schädl wehdua.«

Martin war erleichtert, dass seine Freundin keinen bleibenden Schaden davongetragen hatte. »Brummel hat Recht, Rose. Verhalte dich lieber still. Wie fühlst du dich?«

Die Mäusemaid brachte ein schwaches Lächeln zustande. »Mal ganz abgesehen davon, dass ich in einem Käfig sitze, unter rasenden Kopfschmerzen zu leiden habe und eine Beule meinen Hinterkopf ziert, die mindestens so groß ist wie ein Drosselei, fühle ich mich, wenn ich den schrecklichen Durst und meinen leeren Magen außer Acht lasse, eigentlich ganz gut. Und wie geht es dir heute Morgen?«

Martin grinste gequält. »Also, wenn ich ehrlich bin, komme ich mir ziemlich albern vor. Warte nur, bis du die Burschen siehst, denen wir das hier zu verdanken haben.«

Wie auf Bestellung tauchten mehrere der winzigen Kreaturen aus dem hinteren, im Dunkel liegenden Bereich der Höhle auf.

Brummel nickte wissend. »Zwergspitzmäus. Des hätt i ma denka könna!«

»Zwergspitzmäuse?«, wiederholte Martin fragend.

Der Igel kam näher gestapft. Er wurde von zahlreichen Zwergspitzmäusen umringt, die unablässig in ihrer eigentümlichen Sprache vor sich hin plapperten. Einige von ihnen hatten sich frecherweise auf seinem Baumstamm niedergelassen. Sie genossen ihren Ritt. Es kümmerte sie nicht im Mindesten, dass der Igel nun eine noch viel größere Last hinter sich herzerren musste. Ihm schien es allerdings auch nicht allzu viel auszumachen. Ein dümmliches, entwaffnendes Lächeln zierte sein Gesicht.

»Hallo, ihr. Ich bin's, Pallum. Ich gebe euch einen guten Rat: Ihr dürft in Gegenwart von Zwergspitzmäusen nie böse dreinblicken. Lächelt einfach nur die ganze Zeit. Das verwirrt sie.«

Der Not gehorchend, verzog Martin sein Gesicht zu einem breiten Grinsen, als er sich und seine Freunde vorstellte. Die Spitzmäuse standen nicht eine Sekunde still. Sie hopsten, hüpften und tanzten, wobei sie unentwegt in ihrer unverständlichen Sprache vor sich hin schnatterten. Derjenige, der bereits einmal mit einem Stock auf Martin eingestochen hatte, setzte erneut zum Stoß an.

Der junge Mäuserich sprang hierhin und dorthin, um der Holzspitze auszuweichen. Mit einem erbosten Grinsen stieß er zwischen zusammengebissenen Zähnen hervor: »Pallum, das eine sag ich dir, mein Freund. In wenigen Augenblicken werde ich den Stock packen und ihn diesem armseligen kleinen Schuft in seine lange Wackelnase rammen!«

Pallum schüttelte lächelnd den Kopf. »Das wäre das Allerschlimmste, was du überhaupt tun kannst. Dies sind Kinder – ›Sapschis‹ werden sie hier offiziell genannt. Der kleine Halunke, der dich gerade mit dem Stock schikaniert, ist der übelste Satansbraten von allen. Er heißt Schmuddel und ist der einzige Sohn und Erbe von Amballa, der Königin der Zwergspitzmäuse. Wenn du ihrem kleinen Liebling auch nur ein Haar krümmst, wird sie dich sofort töten lassen. Warte einen Moment. Ich glaube, ich weiß, wie ich ihn abhalten kann.«

Pallum wandte sich dem Missetäter zu und redete mit ihm in der Zwergspitzmäusesprache: »Hachach, Schmuddel, gutsehrgut! Stoßnochmehr Großemaus!«

Schmuddel ließ auf der Stelle von Martin ab und stürzte sich stattdessen auf Pallum, gegen dessen Stacheln er mit seinem Stock jedoch kaum etwas ausrichten konnte.

»Schweigstill Nadelkissen! Schmuddel nichsagen, wastun!«

Pallum kicherte, als der Kleine auf seine Stacheln eindrosch, was ohne jede Wirkung blieb. »Das sind mir vielleicht ein paar widerspenstige kleine Knirpse. Der beste Weg, um ihnen Einhalt zu gebieten, liegt darin, sie zu ermuntern. Sie tun grundsätzlich das Gegenteil von dem, was man ihnen sagt, und das gilt ganz besonders für dieses Bürschchen hier.«

Rose wischte sich mit einer Pfote über ihre trockenen Lippen. »Was meinst du, Pallum, ob wir wohl Wasser und etwas zu essen bekommen können?«

Aus dem Inneren der Höhle ertönte der Klang einer winzigen Trommel. Pallum hob eine warnende Pfote. »Das wird die Königin sein, Amballa. Wenn ihr mit ihr sprecht, dann neigt euren Kopf und nennt sie stets Ballamama. Verhaltet euch in ihrer Gegenwart immer höflich und respektvoll. Sie ist äußerst rachsüchtig und übt hier die uneingeschränkte Macht aus. Nehmt niemals das Wort ›Hachach‹ in den Mund – es bedeutet, dass ihr lacht, und sie könnte denken, dass ihr euch über sie lustig macht. Bitte tut, was ich sage, und überlasst alles Weitere mir.«

Amballa war eine plumpe kleine Erscheinung. Sie trug eine goldene Pluderhose und einen hellblauen Umhang. Auf ihrem Kopf thronte ein Krönchen, aus dem hinten eine Möwenfeder herausragte. Es war mit glänzenden Muschelstücken und winzigen polierten Strandkieseln besetzt. Wäre sie nicht eine so bedeutende Persönlichkeit gewesen, so wären die drei Freunde angesichts ihres komischen Anblicks in schallendes Gelächter ausgebrochen.

Sie richtete sich zur vollen Größe ihres kleinwüchsigen Körpers auf und wies mit einem winzigen Schwert auf Martin.

»Duda, Großemaus! Sagnamen!«

»Ich bin Martin, oh Ballamama.« Der junge Mäuserich neigte seinen Kopf und sprach in respektvollem Ton. »Die Maus dort drüben heißt Rose und der Name des Maulwurfs ist Brummel. Wir stellen keine Gefahr für Euch oder Euren Zwergspitzmäusestamm dar.«

Erbost tat Amballa einen Satz nach vorn und stieß mit ihrem Schwert durch die Gitterstäbe, sodass Martin gezwungen war, blitzschnell zurückzuweichen.

»Großemaus Großesmaul! Wosind Spitzmäusezwerge? Hierkeine Spitzmäusezwerge!«

Pallum zog an seinem Baumstamm und trat einen Schritt vor, um für Martin Fürsprache einzulegen. »Mächtiggroße Ballamama, Trottelmaus weißnicht, dass Stammname ›Hochtier‹. Noch-immer wirrimkopf von Krachknall aufschädel.«

Martin, der verstanden hatte, was Pallum zu erklären versuchte, rieb sich den Kopf und murmelte: »Puuuh! Wirrimkopf, wirrimkopf!«

Amballa kniff einen Moment lang argwöhnisch die Augen zusammen. Doch dann schien sie zufrieden zu sein, denn sie brach in schallendes Gelächter aus.

»Hachach, hachachach! Hochtier gibtirviel Krachknall, damitu schnellfest Schlafschläfst. Hachach, hachachach!«

Martin nickte mit kläglicher Miene. »Hochtierstamm mächtige Krieger, Krachknall viel Schmerzpein.«

Pallum zwinkerte Martin anerkennend zu, ehe er sich erneut an Amballa wandte, um bei ihr eine Hafterleichterung für die Gefangenen zu erwirken.

»Oh Ballamama, nichgebendiesen Dummkopftrotteln Happaessen oder Gluckertrinken. Sie nichkriegen Fesselholz und aufpassenauf Sapschis. Ballamama machsietot!«

Zunächst hatte es den Anschein, als würde die Königin jeden Moment nach Pallum treten, doch dann gedachte sie seiner Stacheln und sah davon ab. Stattdessen richtete sie sich zu ihrer vollen Größe auf und verkündete hoheitsvoll: »Ballamama sagtgenau, waszutun! Faulpelze nichessen, erstarbeiten. Bringt Fesselholz. Dummkopftrottel gutals Aufpasserauf Sapschis. Hachach, hachachach!«

Die Zwergspitzmäuse stimmten in ihr Gelächter ein, wobei sie ausgelassen durch die Höhle hüpften und tollten.

Pallum blickte die Königin erstaunt an. »Große Ballamama, kluggescheitestes Hochtier! Woherkommt Denkidee?«

Amballa schürzte verächtlich die Lippen.

»Kommtweil ichnich Nadelkissen, sondern Ballamama vomganzen Hochtierstamm!«

Später an jenem Nachmittag saßen die drei Freunde beisammen, aßen Spitzmäusebrot mit Nüssen und tranken dazu Löwenzahnsaft. Ihre Hinterpfoten waren, wie die von Pallum, fachmäusisch an schwere Baumstämme gebunden worden, die sie nun auf Schritt und Tritt mit sich umherschleifen mussten. Martin versetzte seinem Stamm einen Tritt.

»Fesselholz! Nicht genug, dass man uns hölzerne Pfotenfesseln angelegt hat – nein, jetzt müssen wir auch noch für diese winzigen Sapschi-Rabauken die Kindermädchen spielen. Ich glaube, ich hätte den Tod jederzeit vorgezogen!«

Rose kicherte. »Ach, nun komm schon, Martin. Eigentlich hast du sie doch schrecklich gern, besonders den kleinen Schmuddel.«

Bei der bloßen Erwähnung des boshaften Kindes ballte Martin seine Pfoten zu Fäusten. »Oh ja, ich habe ihn so schrecklich gern, dass ich ihm am liebsten meinen Arm um seinen abscheulichen kleinen Hals legen und zudrücken würde, fester und immer fester!«

Brummel aß in aller Eile auf. »Aufg'passt! 's kloi Ung'ziefra duat mit seinr Bande im Anmarsch seia.«

Wie ein Unwetter brachen die von Schmuddel angeführten Sapschi-Rabauken über die Gefangenen herein, verschütteten deren Saft und schleuderten das Spitzmäusebrot beiseite.

Ungeduldig stieß Schmuddel Martin mit seinem Stock in die Seite. »Hochjetzt, Großemaus. Wirviel Reitspaß auf Fesselholz!«

Den Rest des Nachmittags verbrachten Martin und Brummel

damit, ganze Horden von Sapschis durch die Gegend zu ziehen. Die Winzlinge saßen unter schallendem Gelächter und lärmendem Gesang auf den hölzernen Pfotengewichten und trieben ihre Zugtiere zu immer größerer Schnelligkeit an. Rose und Pallum waren dazu abkommandiert, den Schlafbereich der Kleinen zu säubern und ihre Betten zu machen.

Im Laufe des Tages gewannen Martin und seine Freunde einen recht guten Einblick in die Ausdrucksweise der Zwergspitzmäuse. Als sie erst einmal erkannt hatten, dass der Hochtierstamm immer zwei oder auch drei Worte zu einem zusammenzog, war die Sprache gar nicht mehr so schwer zu erlernen.

Gegen Abend mussten Martin und Brummel die Sapschis beim Essen beaufsichtigen. Einer der Kleinen hatte seine Schüssel über dem Kopf des Maulwurfes entleert, sodass dieser sich nun den Wildhaferschleim von den Ohren wischen musste.

»Hajaj, d' kloi Sapscher hiera duat a gonz schön wilda Schurka seia. Wenn i mei Kell zur Pfot hätt, würd i g'wiss däm oina odr andera d' Schwanz v'rsohla, des dua i Eu saga!«

Die Sapschis, die nicht ein einziges Wort von dem, was der Maulwurf sagte, verstehen konnten, kicherten ausgelassen und spritzten ihm den Erdbeersaft mit gespitzten Lippen über den Körper.

Martin seufzte. Sein Gesicht schmerzte bereits vom fortwährenden Lächeln. »Sie haben die Tischmanieren eines Wolfsrudels. Heilige Jahreszeit! Sieh dir nur einmal an, wie sie mit dem Essen herumpanschen. Was für eine Verschwendung!«

Pallum und Rose erschienen mit einem pflichtbewussten Lächeln auf den Lippen. »Kommtschon, Schlummerzeit, Sapschibabys. Schlummerzeit!«

Ihr Aufruf hatte eine Massenflucht zur Folge. Die Zwergspitzmäusekinder stoben kreischend auseinander und versteckten sich. Sie wollten von den Gefangenen gejagt werden.

»Hachachach, fanguns, Jagdmaus!«

Pallums Erfahrung erwies sich als sehr wertvoll. Er hatte im Laufe der Zeit all ihre Verstecke ausfindig gemacht und so brauchten sie die Kleinen nur noch einzusammeln und ins Bett zu tragen. Martin bemerkte, dass Amballa und mehrere andere Zwergspitzmäuse ihnen dabei aufmerksam zusahen, um sicherzugehen, dass sie die Kinder nicht zu grob anpackten oder gar in barschem Tonfall mit ihnen sprachen. Die Sapschis wurden von den erwachsenen Mitgliedern des Hochtierstammes fast schon verehrt.

Die Winzlinge tobten durch die frisch gemachten Betten, warfen mit ihren Decken um sich und trampelten auf den Kissen herum.

»Wie können wir diese Racker denn nur zum Schlafen bewegen, Pallum?«, stöhnte Martin.

»Singeinlied.«

Im Nu warfen die Sapschis sich in ihre Betten, schüttelten die Kissen auf und zogen ihre Bettdecken gerade. Dabei riefen sie unentwegt: »Einlied, Einlied, wirwollen Einlied!«

Pallum begann sogleich zu singen:

»Schlaft bloß schleunigst ein, ihr schmuddlige Brut,
bevor ich euch schlage, das tät euch mal gut.
Wie schafft ihr's, dass eure Mutter euch liebt
und euch nicht ständig nur Stockhiebe gibt?
Sind eure wackelnden Rüssel der Grund?
Hält sie gar euren Gestank für gesund?

Gewaschen hat man euch schon lange nicht mehr
und selbst eure Betten, die müffeln gar sehr.
Ich wünsche euch Albträume in der Nacht,
die euch heftig quälen, bevor ihr erwacht.
Und wenn am Morgen die Sonne aufgeht,
wär's schön, wenn sich euch der Magen umdreht!«

Seltsamerweise waren die Sapschis schon fast eingeschlafen. Sie gähnten lächelnd und murmelten: »Sehrschön, sehrschön. Nocheinlied.«

Brummel unterdrückte ein Kichern und ließ seine tiefe, beruhigende Bassstimme ertönen:

»A schräcklichs Pack, des duat yi seia!
I dua eu nie un nimmr v'rzeiha!
Koi Essa würd i eu jemols geba,
abr viel Prügl im täglicha Leba!
Yi müsstat eu schrubba, so oft un so sär,
bis eur schlechts B'nehma gonz fortwascha wär.«

Winzige Schnarchlaute ließen darauf schließen, dass alle Sapschis eingeschlafen waren.

Rose wischte sich erleichtert über die Stirn. »Puh! Den Jahreszeiten sei Dank, dass wir mit den kleinen Monstern für heute fertig sind. Kein Wunder, dass ihre Mütter ihre Betreuung anderen überlassen.«

Pallum zeigte auf ein paar Matten, die in der Ecke lagen. »Das wäre geschafft. Ihr könnt jetzt mit dem Lächeln aufhören und euch ein wenig erholen. Legt euch hin und ruht euch aus. Ich werde uns inzwischen etwas zu essen besorgen. Ich glaube, ich habe da vorhin einen großen Obstpudding mit Sahne und etwas neuen Apfelwein erspäht.«

Dankbar ließ Brummel sich auf eine Matte plumpsen. Martin und Rose folgten umgehend seinem Beispiel. Krachend prallten ihre hölzernen Pfotengewichte gegeneinander.

Rose zuckte zusammen und hob erschreckt ihre Pfote. »Schsch! Nicht so laut, sonst wecken wir noch die Monster auf.«

»Hajaj, I würd mi gradwegs von d' Klippa stürza, wenn s' nu aufwacha täta.«

»Für uns war es nur ein kleiner Schritt von einem Sklavendasein zum nächsten. Wo soll das bloß noch alles enden?« Martin stieß einen langen, tiefen Stoßseufzer aus.

Rose strich ihm tröstend über den Pfotenrücken. »Irgendwann einmal im Mittagstal. Mit einem Krieger wie dir an unserer Seite werden wir wohl kaum unser ganzes Leben hier verbringen, Martin. Es ist dir nicht bestimmt, dein Dasein als Kindermädchen zu fristen. Ich frage mich, wie es wohl Broom und Felldoh ergangen ist. Sie werden sicherlich auch auf das Festland zugetrieben sein. Dieser Felldoh ist ein guter Eichhörnchenbursche und obendrein ziemlich hart im Nehmen. Ich weiß, dass er sich um meinen Bruder kümmern wird. Ich kann nur hoffen, dass sie in Sicherheit sind und es ihnen gut geht.«

Martin fielen fast schon die Augen zu, als er sah, wie Pallum mit einem übervollen Tablett zurückkam. »Wo Felldoh und Broom auch immer gelandet sein mögen, schlimmer als uns kann es ihnen gar nicht ergangen sein. Kindermädchen dieser winzigen Spitzbuben zu spielen, das ist vielleicht ein grausames Schicksal!«

12

Zwischen Böswill dem Tyrannen und Käpt'n Tramon Pantine war ein Bündnis geschlossen worden. Zwar trauten die beiden Hermelinschurken einander noch immer nicht über den Weg, aber sie setzten dennoch ihren Namenszug unter eine ausgebreitete Schriftrolle aus Birkenrinde. Böswill unterschrieb in einer geschwungenen Schnörkelschrift, während Pantine mühevoll ein Kreuz und die einfache Skizze einer Holzpantine als sein persönliches Symbol auf das Pergament kritzelte. Als Zeugen traten Garrad, der Ratterich, für Marschank und Sumpfer, das Frettchen, für die Korsaren auf. Bei einem Becher allerfeinsten Petersilienweines, den der Korsar und der Tyrann miteinander leerten, wiederholte Tramon noch einmal die einzelnen Punkte ihrer Abmachung.

»Harr, so, wie ich die Sache seh, ziehst du also jetzt deine Truppen ab und leihst mir 'n paar Sklaven, die mir mein Schiff wieder flottmachen und anständig auf Vordermann bringen. Ich für meinen Teil stell meine Angriffe ein und versprech', keine weiteren Sklaven mehr zu verlangen und dich auch sonst nich' zu belästigen. Es is' 'ne abgemachte Sache, dass die Sklaven, die du mir leihst, immer noch dir gehörn und auch wieder zurückgegeben werden müssen. Richtig?«

Böswill nippte an seinem Wein, nickte und pochte mit seiner Pfote auf die Schriftrolle. »Ja, das is' richtig. Und dass du mir ja nix davon vergisst! Wenn du wieder 'n seetüchtiges Segelschiff zur Verfügung hast, werd ich die Hälfte deiner Mannschaft als Geiseln hier behalten. Wenn, oder besser gesagt, falls du mit neuen Sklaven hierher zurückkehrst, werden sie gerecht zwischen uns aufgeteilt. Erst dann kriegst du die Geiseln zurück, damit du am Ende wieder 'ne vollzählige Mannschaft hast.«

Pantine strich sich über sein geflochtenes Schnurrhaar und kniff ein Auge zusammen. »Einverstanden, Kamerad! Das is' nur recht und billig. Ich kann meine Mannschaft in deiner schmucken Festung hier einquartiern und sie mit deinen Vorräten versorgen, darf allerdings keiner Korsaren- oder Seerattenseele, der ich auf hoher See begegne, jemals den genauen Standort von Marschank preisgeben.«

Böswill nickte und schenkte Pantine noch etwas Wein nach. »So isses! Aber vergiss nich', Tramon: Wenn wir die erste Schiffsladung Sklaven unter uns aufgeteilt ha'm, wirst du alle weiteren Sklaven, die du auf deinen Kaperfahrten in deine Gewalt bringst, ausschließlich an mich verkaufen. Dafür kriegst du von mir die besten Waffen, Handelswaren und Vorräte.«

Pantine verschüttete einen Teil seines Weines, als er schwungvoll den Kopf zurückwarf, um den Becher zu leeren. Dann legte er Böswill einen Arm um die Schulter. »Haharr, nu isses wieder wie in den guten alten Zeiten, was, Kumpel?«

Der Tyrann warf Pantine seinerseits den Arm um den Hals. »Oh ja, du sagst es, Tramon. Es is' wie in den guten alten Zeiten. Diesmal wird's aber keine heimlichen Verschwörungen und auch keine Verräter oder Schnüffler geben!«

»Schnüffler? Ich hab noch nie Schnüffler auf dich angesetzt, Kumpel«, erwiderte der Hermelinpirat mit gekränkter Unschuldsmiene.

»Ja, ja – is' ja schon gut.« Böswill tätschelte Pantine freundschaftlich das Nackenfell. »Das weiß ich doch. Schnüffler sind auch wirklich das Allerschlimmste, was es gibt. Also, wenn ich jemanden in meiner Festung der Schnüffelei verdächtigen würde, dann würd ich ihn als Zielscheibe für meine Bogenschützen ans Tor nageln lassen. Siehste den Fuchs da drüben? Genau so!«

Er hielt Pantines Hals fest gepackt und drehte den Kopf des Korsaren zum Haupttor von Marschank, an dessen Innenseite der Leichnam von Fetzenschädel hing. Er war von so vielen Pfeilen durchbohrt, dass er aussah wie ein Nadelkissen.

Pantine kochte zwar innerlich vor Wut, brachte aber dennoch ein breites Grinsen zustande. »Füchse war'n doch schon immer Verräter. Den da hab ich noch nie leiden können.«

Einen kurzen Moment lang verstärkte Böswill den Druck auf Pantines Hals, dann ließ er ihn los. Sein Grinsen war nicht weniger breit als das des Korsaren.

»Ich auch nich', Kumpel! Ich auch nich'!«

Die frühe Morgensonne hüllte den Küstenstreifen hinter der Landzunge in ein warmes Licht. Es versprach ein sehr heißer Tag zu werden. Eichenfarn schirrte sich zwischen den Deichselarmen des bunt bemalten Farnkraut-Karrens an. Dann entfernten sich die Gaukler aus der unmittelbaren Nähe Marschanks, indem sie an der Küste entlang Richtung Norden zogen. Felldoh und Broom waren auf Anhieb als Freunde und mögliche Mitglieder in die Fahrende Farnkraut-Truppe aufgenommen worden und fühlten sich in ihrer Gesellschaft äußerst wohl.

Am späten Vormittag hatten sie bereits hoch oben in den Klippen ihr Lager aufgeschlagen. Von dort aus genossen sie einen ausgezeichneten Rundblick, ohne jedoch selbst sichtbar zu sein. Der Hase, Ballor de Reineclaude, hatte sich mit Eichenfarn zu Beratungen zurückgezogen, während der Rest der Truppe mit der Zubereitung des Mittagessens und dem Auspacken der Sachen beschäftigt war. Broom half Gauchee und Kasterna beim Kochen einer Bohnen-Lauch-Suppe. Kichernd beobachteten er und die beiden Mäusemädchen, wie das hübsche Eichhörnchen Celandine ohne jede Scham mit einem äußerst verlegenen Felldoh zu poussieren versuchte. Der Arme, der gerade damit beschäftigt war, den Karren auszuladen, errötete bis zur Schwanzspitze, als er ihre übertriebenen Komplimente vernahm.

»Oh, Herr Felldoh, was seid Ihr doch für ein starker Bursche! Als Ihr den Koffer eben angehoben habt, sah es aus, als wäre er federleicht. Ich wette, Ihr seid das kraftstrotzendste Eichhörnchen im ganzen Land!«

Felldoh fehlten einfach die Worte. Er wandte sich vom Karren ab und begann, Treibholz für ein Feuer zu zerkleinern.

Celandine tupfte sich mit einem feinen Spitzentuch die Stirn. »Nein, oh nein! Selbst wenn ich eine Axt hätte, würde ich eine gaaanze Jahreszeit brauchen, um auch nur ein winziges Stückchen vom Holz abzuspalten. Ihr hingegen zerbrecht es mit Euren prachtvollen Pfoten, als wäre es nichts weiter als trockenes Gras!«

Kleeblatt, die andere Eichhörnchenmaid, drückte Celandine unsanft ein Bündel Jacken in den Arm. »Hier, mein Fräulein! Sieh zu, dass du das Zeug gewaschen kriegst, und lass den armen Burschen in Ruhe, bevor er sich noch ganz in eine Tomate verwandelt!«

Empört stürmte die Verführerin mit dem Berg schmutziger Wäsche von dannen. Kleeblatt gesellte sich zu Felldoh und half ihm, das Holz zu zerkleinern.

»Beachte sie am besten gar nicht, mein Freund. Sie hat sogar schon Libellen schöne Augen gemacht.«

Schnaller, der Maulwurf, spannte zum Schutz vor der Sonne die Plane des Karrens auf. »Haja g'nau, im Schmeich'ln duat d' Kloi wirklich unübrtroffa seia«, kicherte er. »I dua scho vor viela Jahreszeita mei Herz an sie v'rlora haba. Hajaj, abr's duat au a großartiga Darstell'rin seia!«

Das Essen war einfach, aber gut. Es gab warme Suppe, gefolgt von Weizenmehlpfannkuchen, die mit wildem Honig bestrichen waren. Die Truppe hatte es sich unter der Plane bequem gemacht, nahm ihre Mahlzeit ein und trank kühlen Pfefferminz-Hahnenfuß-Saft, der aus einem alten Steinkrug ausgeschenkt wurde.

Eichenfarn schüttelte ihren großen Kopf. »Heilige Steckrübe! Wie um alles in der Welt konnte es uns nur so weit nach Norden verschlagen? Dabei ist es uns im Süden doch sehr gut ergangen: Überall begegneten uns freundliche Geschöpfe, die wir unterhalten konnten. Immer wieder kamen wir an schöne Orte, an denen wir eine Zeit lang verweilten ...«

Ballor, der Hase, verschlang mit atemberaubender Geschwindigkeit einen Pfannkuchen. »Wie wahr, wie wahr! Und was hat diese vermaledeite Gegend uns zu bieten? Festungen, Tyrannen und Korsaren. Ein ziemlich starkes Stück, das muss ich schon sagen, was? Das wohl einzig Erfreuliche war, dass wir euch beiden reizenden Burschen begegnet sind.«

Zustimmendes Gemurmel ertönte vom Rest der Truppe.

Eichenfarn starrte den Hasen betont geduldig an, während Ballor sich unbekümmert über den Saft hermachte. Er war sich der Tatsache, dass er ihren Redefluss unterbrochen hatte, gar nicht bewusst. »Seid Ihr nun vielleicht fertig, Herr de Reineclaude?«, hob sie erneut zu sprechen an.

Ballor ließ in Windeseile einen weiteren Pfannkuchen verschwinden und leckte sich geziert den Honig von den Pfoten. »Also, mit diesen Pfannkuchen bin ich noch lange nicht fertig, meine liebe alte Eichenfarn. Aber lass dich durch mich nur nicht am Reden hindern. Wenn du redest, isst du wenigstens nicht so viel. Harrharr!«

Die Dächsin warf ihm einen eisigen Blick zu, ehe sie fortfuhr. »Danke schön! Nun denn – was ich zu sagen habe, betrifft unsere neuen Freunde Felldoh und Broom. Ich möchte euch folgenden Vorschlag unterbreiten: Da wir nun einmal hier sind, womit wir uns wohl oder übel abfinden müssen, sollten wir die Gelegenheit beim Schopf packen und etwas Nützliches tun. Selbstverständlich werden wir nach Brooms Schwester, Martin und dem Maulwurf Brummel Ausschau halten und inständig auf ein Lebenszeichen von ihnen hoffen. Aber während wir das tun, muss Felldohs Vater Borkenhans sein Dasein als Sklave in dieser schrecklichen Festung fristen, wie Felldoh uns berichtet hat. Mir kocht das Blut in den Adern, wenn ich nur daran denke, dass jemand seiner Freiheit beraubt, versklavt und geschlagen wird, dass er Hunger leiden muss und gezwungen wird, für irgendeinen dahergelaufenen hochnäsigen Schurken zu arbeiten. Geht es euch nicht genauso?«

Von allen Seiten ertönten sofort zustimmende Rufe.

»Es ist wirklich eine Schande! Der arme alte Borkenhans!«

»Das ist in der Tat eine gewaltige Ungehörigkeit, was?«

»Haja, koinr sollt dr Sklava von oim annera seia!«

»Oh, ich kann mir so etwas Schreckliches nicht einmal vorstellen! Wir haben schließlich immer in Freiheit gelebt.«

»Was für eine Schmach! Dieses abscheuliche Hermelin!«

Eichenfarn wartete ab, bis alle ihrer wachsenden Empörung Luft gemacht hatten. Nachdem wieder Ruhe eingekehrt war, fuhr sie mit ihrer Ansprache fort.

»Als Ballor und ich die Fahrende Farnkraut-Truppe gründeten, wählten wir ausschließlich talentierte Geschöpfe aus, bei denen wir uns sicher sein konnten, dass jederzeit auf sie Verlass sein würde. Ich für meinen Teil bin noch niemals von einem von euch enttäuscht worden. So kommt es, dass wir uns heute hier versammelt ha–«

»Ach, nun hör schon auf, um die Sache herumzuschleichen wie die Katze um den heißen Brei, altes Mädchen! Wir wollen doch schließlich alle, dass Felldohs alter Herr gerettet wird, oder?«

»Jaaa!«, schallte es laut und begeistert aus sämtlichen Kehlen.

»Ausgezeichnet! Na, dann mal Schluss mit dem Gerede und ran an die Arbeit, was?«

Eichenfarn reichte Ballor die Pfannkuchen und den Honig. Sie lächelte. »Ich danke dir, Bal, du alter Halunke. Als Erstes müssen wir uns eine Strategie zurechtlegen. Wisst ihr, wie eine fahrende Gauklertruppe am unauffälligsten einen Ort erkunden kann?«

Schnaller hob eine klebrige Grabklaue. »Abrja, Gnädigst! Wi duat oifach hiegeha un a Vorstellung geba!«

»Wie bitte?« Felldoh verschluckte sich fast an seinem Getränk. »Jetzt macht aber mal halblang, Freunde! Es ist ja sehr nett von euch, dass ihr mir helfen wollt, meinen lieben alten Vater zu retten, aber wir haben doch eine Verabredung mit Martin im Mittagstal. Unser Plan besteht darin, eine Armee aufzustellen und *alle* Sklaven zu befreien. Und überhaupt wäre es im Pfotenumdrehen um euch geschehen, wenn ihr Marschank betreten würdet.«

Kasterna, die Mäusemaid, kicherte. »Hör mal, Eichhörnchen, wenn du auch nur die Hälfte der Orte gesehen hättest, an denen wir schon aufgetreten sind, und auch nur ein Viertel der Dinge erlebt hättest, die uns so zugestoßen sind, dann würdest du ganz anders daherreden.«

»Tschaha! Und ob du das würdest, alter Junge. Gauchee, kannst du dich noch daran erinnern, wie wir für all diese grimmigen Kröten im Sumpfgebiet im Süden *Das Liebeswerben von Froschmaid und Raupenmann* aufführten?«

»Was für eine Frage!« Die Mäusemaid, die an ihrer Möhre knabberte, bebte vor Heiterkeit. »Damals hast du den hinterhältigen Krötenonkel gespielt. Ich dachte schon, die Kröten würden uns vor lauter Wut in hohem Bogen in den Sumpf werfen!«

Celandine gluckste: »Das hätten sie bestimmt auch getan. Es war wirklich ein Glück, dass sie sich alle von Celandine Schmetterling mit einem Zauberseil hatten fesseln lassen, das ihnen Schönheit verleihen sollte. Hihihihi!«

Die ganze Truppe brach in schallendes Gelächter aus. Kasterna zeigte auf Eichenfarn. »Und dann kam die ›Dienstbare Dächsin‹, zog sie alle in einen Baum hinauf und sagte ihnen, dass sie sich in wunderschöne Schmetterlinge verwandeln und davonfliegen würden. Hahahahahaha!«

»Hohoho! Ihr hättet ihre vermaledeiten Gesichter sehen sollen, als wir ihr Festmahl in uns hineinstopften und davonspazierten. Da hingen sie nun in ihrem Baum und warteten auf ihre Verwandlung in Schmetterlinge. Harrharrharr!«

Als das Gelächter verklungen war, wandte Eichenfarn sich augenzwinkernd an Felldoh und Broom. »Ihr braucht euch um uns keine Sorgen zu machen. Wir wissen schon, was wir tun.«

Felldoh ergriff die Pfote der Dächsin. »Ich weiß gar nicht, wie ich euch danken soll.«

Kleeblatt durchstöberte unterdessen den Karren. »Oh, du brauchst uns auch gar nicht zu danken. Schließlich werdet ihr zwei ja mit von der Partie sein, wenn wir unsere Vorstellung geben.«

Voller Entsetzen sprang Broom auf. »Aber sie würden uns doch sofort wiedererkennen!«

Kasterna zog dem jungen Mäuserich eine riesige Froschmaske über den Kopf. »So, jetzt würde dich nicht einmal mehr deine eigene Mutter erkennen.«

Eichenfarn klatschte in ihre kräftigen Pfoten. »Na, dann mal los! Räumt das Essen ab – wir müssen ja schließlich alle noch unsere Rollen einstudieren. Felldoh, du siehst mir stark genug aus, um einen guten Fänger abzugeben ...«

Celandine klimperte mit den Wimpern. »Ooh, iich würde mich zu jeder Jahreszeit von ihm auffangen lassen!«

Eichenfarn warf der Eichhörnchenmaid einen verärgerten Blick zu, beschloss jedoch, ihr keine weitere Beachtung zu schenken. »Bei dieser Vorstellung wirst du leider auf jeglichen Gesang verzichten müssen, Broom. Deine Stimme wäre zu leicht wiederzuerkennen. Als Froschmaid würdest du allerdings eine recht gute Figur abgeben.«

»Ich soll eine Froschmaid spielen?«

»Ja, warum denn nicht, alter Junge? Und ich werde dann als dein böser Krötenonkel auftreten. – Hoho, meine stolze Schöne, niemals wirst du diesen dahergelaufenen Raupenmann ehelichen!«

Felldoh schüttelte irritiert den Kopf, als Schnaller ihm einen großen roten Ball auf die Nasenspitze steckte. »Die ganze Sache klingt so verrückt, dass sie vielleicht sogar funktionieren könnte!«

13

Es war noch früh am Morgen, dennoch war Martin bereits müde. Er und seine Freunde waren in jener Nacht mehrmals von dem bereits vertrauten Ruf der Sapschis nach »Gluggatrinken« geweckt worden. Offenbar wachte jedes Zwergspitzmäusekind mindestens zweimal in der Nacht auf, weil es Durst hatte.

Rose zerrte ihren Baumstamm vom Frühstückstisch fort, an dem ein ohrenbetäubender Lärm herrschte. Sie war über und über mit Essen und Trinken besudelt.

»Guten Morgen, Martin. Du wirst nie erraten, was heute nach dem Frühstück für uns auf der Tagesordnung steht.«

Martin schüttelte den Kopf. »Sag's mir lieber nicht! Ich will es gar nicht wissen.«

Rose unterdrückte ein Lächeln und erzählte es ihm dennoch. »Wir nehmen alle Sapschis mit an den Strand, damit sie dort in den Felsentümpeln plantschen können. Anscheinend geht der ganze Stamm jeden Tag dort hinunter, um nach den Fischnetzen zu sehen. Wenn das Wetter gut ist, so wie heute, dann dürfen die kleinen Rangen mitkommen und am Strand spielen.«

»Oh, wie reizend! Na, das wird aber ein Spaß!« Martin setzte wieder sein starres Lächeln auf.

Brummel und Pallum hatten alle Pfoten voll zu tun, den Spitzmäusekindern das klebrige Schnurrhaar zu säubern. »Dua sofort herkomma, du – du abscheulicha kloi Kröta. In deim Schnurrhaar duat noch lautr Haferbrei hänga.«

Die Sapschis wichen ihm immer wieder aus und riefen laut: »Wirwolln anneen Strandstrand! Wirwolln anneen Strandstrand!«

Der Abstieg von den hohen Klippen hinab zum Strand war nicht so beschwerlich, wie es zunächst den Anschein hatte. Es gab eine verborgene Treppe, die von den Zwergspitzmäusen äußerst geschickt in den Fels gemeißelt worden war.

Martin und seine Gefährten mussten den Weg gleich mehrmals zurücklegen. Unter den wachsamen Augen von Amballa und ihren allgegenwärtigen Spitzmäusen trugen die vier Freunde jeden einzelnen der Sapschis auf dem Rücken zum Sandstrand hinunter. Während die erwachsenen Spitzmäuse mit dem Einholen der Netze beschäftigt waren, wandte sich die Königin an Pallum.

»Sapschis spielenjetzt, vielgut aufpassen!«

Sie drohte ihren Gefangenen noch einmal mit dem Schwert, bevor sie es sich auf einem Fels bequem machte, von wo aus sie alles überblicken konnte.

Schmuddel, der kleine Sohn der Königin, brachte sich stets in Schwierigkeiten. Die anderen Sapschis hingegen waren leidlich ruhig und zufrieden. Einige von ihnen waren damit beschäftigt, Brummel bis zum Hals im Sand zu vergraben, andere wieder ließen sich von Martin, Rose und Pallum eine Sandburg bauen. Pallum zeigte auf Brummel.

»Oh, was habe ich es immer gehasst, wenn sie mich eingegraben haben. Brummel scheint sogar Gefallen daran zu finden.«

Der Maulwurf zog eine seiner Grabklauen aus dem Sand und winkte ihnen zu. »Abrja, an so oim heißa Morga duat's a'gnehm kühl im Sand seia.«

»Brummelruhig, nichbewegen!«

Mehrere Sapschis begannen, den Kopf des Maulwurfs mit nassem Seetang zu verzieren.

Martin hielt derweil nach Schmuddel Ausschau. Rose entdeckte ihn schließlich.

»Dort drüben ist er, der kleine Halunke. Sieh doch! Er klettert in den Felsen!«

Schmuddel hatte sich von den anderen entfernt und war soeben im Begriff, die Steilwand zu erklimmen. An der Stelle, die er ausgewählt hatte, waren die Klippen rutschig und steil. Über ihm ragten obendrein scharfe Felsspitzen empor.

Martin riss der Geduldsfaden. Er sprang auf und wies drohend auf den Spitzbuben. »Sofort kommst du da herunter, du dummes kleines Gör, sonst wirst du noch fallen!«

Die Königin hatte ihn gehört.

Erbost warf sie mit einem Stein, der hart an Martins ungeschütztem Rücken abprallte.

»Großemaus Großesmaul! Darfnichso redenmit Ballamamasohn, böserton! Ballamama machtot Großemaus!«

Martin wollte gerade etwas erwidern, als ein lautes Kreischen ertönte. »Jiiieeekkk!«

Eine große Basstölpelfrau war herabgestoßen und hatte Schmuddel aus der Felswand gerissen. Sie hielt das Zwergspitzmäusekind am Schwanz und am Saum seiner weiten Jacke gepackt und trug es hoch in die Luft empor. Schmuddel quiekte wie ein kleines Ferkel und zappelte heftig im tödlichen bernsteinfarbenen Schnabel des Raubvogels. Amballas verzweifeltes Geheul zerriss die Luft, worauf das Treiben am Strand sofort zum Erliegen kam.

»Waaah waaah! Schmuddelfort, gleichtot, genauwie Vater, genauwie Vater!«

»Ich war noch jünger, als das geschah, kann mich allerdings

sehr gut daran erinnern«, flüsterte Pallum Rose zu. »Schmuddels Vater wurde auch von einem großen Tölpel fortgeschleppt. Es war genauso einer wie dieser hier. Armes kleines Ding! Dem ist jetzt nicht mehr zu helfen!«

Amballa war von ihrem Felsenplatz herabgerutscht. Sie verbarg das Gesicht in ihren Pfoten und weinte herzzerreißend. »Schmuddelbaby nichmehrda! Fürimmerfort, mausetot!«

Martin packte ihre Arme und zog sie wieder hoch. »Nochnichtot, Ballamama, Schmuddel nichtot. Großemaus rettetihn!«

Er riss das Schwert der Königin an sich, das in seinen Pfoten nicht viel größer als ein Dolch zu sein schien, stieß die beiden Spitzmäuseriche, die ihm am nächsten standen, zur Seite und schnappte sich deren Fischnetz. Dann durchtrennte er die Fesseln, mit denen er an seinen Baumstamm gebunden war, und stürmte am Strand entlang hinter der Tölpelfrau her.

Seinen Freunden rief er über die Schulter hinweg zu: »Beschafft euch noch mehr Netze und folgt mir. Schnell!«

Die Tölpelfrau schwang sich in die Lüfte empor, kreiste und ließ sich dann auf einem hohen Felsvorsprung in einem entlegenen Teil der Klippen nieder. Schmuddel war vom Aufprall ganz benommen. Reglos lag der Kleine zwischen den Füßen des stattlichen Vogelweibchens. Sie waren mit Schwimmhäuten und mächtigen Klauen versehen. Auf dem Vorsprung befand sich ein großes, unordentlich aussehendes Nest, in dem zwei magere Tölpelküken im Daunenkleid hockten. Als sie ihre Mutter erblickten, begannen sie sofort zu schreien.

Noch im vollen Lauf hatte Martin gesehen, wie der Vogel herabgestoßen war und zur Landung auf dem hohen Felsvorsprung angesetzt hatte. Ohne innezuhalten, war er auf die Steilwand zugestürmt, die sich direkt unter dem Nest befand. Dort machte er nun kurz Halt, um sich die Schwertklinge zwischen die Zähne zu schieben. Dann schleuderte er das eine Ende des Fischernetzes die Klippen hinauf.

Als die Maschen sich in den Felsen verfingen, zog Martin kräftig am anderen Ende, um den Halt zu überprüfen. Dann begann er seinen Aufstieg, indem er sich Pfote um Pfote am robusten Seetangnetz hochzog.

Als er den Fels erreichte, an dem das Netz sich verfangen hatte, löste er es vorsichtig ab, wirbelte es über seinem Kopf im Kreis und schleuderte es erneut empor, wo es an einer weiteren Felsenspitze hängen blieb. Und wieder zog er sich mithilfe des Flechtwerks die Steilwand hinauf.

Unten am Strand hatte sich unterdessen der ganze Hochtierstamm versammelt. Die Zwergspitzmäuse beobachteten Martin bei seinem Aufstieg. Rose begann, die anderen Netze im Sand auszubreiten und vier von ihnen zusammenzuknoten. Die Zwergspitzmäuse schenkten ihr keine weitere Beachtung. Sie starrten gebannt nach oben, trampelten achtlos auf den Netzen herum und standen ihr unablässig im Weg. Rose, Pallum und Brummel mussten sie immer wieder zurückdrängen und beiseite schieben.

»Ausdemweg mit euch! Sehtihr dennnicht, dass wirihm zu helfenversuchen?«

Ein Zwergspitzmäuserich des Hochtierstammes versetzte Rose einen Pfotentritt. »Frechemaus! Darfnichso redenmitmir.«

Amballa biss ihm brutal in den Nacken und stieß ihn zu Boden. »Wegmiteuch, schnellschnell, wie Maussagt, alleweg!«

Plötzlich stieß Schmuddel einen durchdringenden Schrei aus. Er war zu sich gekommen und sah nun, in welch misslicher Lage er sich befand. »Yiiieeeh! Hiilfeeee, helftmiiiiiir!«

Martin hörte den Schrei und bot seine ganze Kraft auf, um noch schneller voranzukommen. Wieder und wieder warf er das Netz hoch und kletterte weiter. Als er einen kurzen Blick hinauf wagte, sah er, dass er nur noch etwa drei Netzlängen von seinem Ziel entfernt war.

Schmuddels tränenüberströmtes Gesicht erschien am Rand des Vorsprungs. »Yiiieeeh helftschmuddel iiieeeh!«

Er wurde von dem gewaltigen Schnabel der Tölpelfrau gepackt und zurückgezerrt. Das riesige Vogelweibchen schleuderte ihn gegen ihr Nest. Dort rollte Schmuddel sich fest zusammen, während die beiden hungrigen Küken ihre schlaffen Hälse über den Nestrand reckten und ihn zu erreichen versuchten.

Unten am Strand vergrub Amballa, in panischer Angst um ihren kleinen Sohn, das Gesicht in den Pfoten. Rose legte der Königin tröstend den Arm um die Schulter.

»Nichweinen, Ballamama. Großemaus Martin ist mächtiger Krieger. Er wird Euch Euren Schmuddel zurückbringen, ganzbestimmt, ganzbestimmt!«

Amballa schien zu verstehen, was Rose sagte. Sie klammerte sich an die Mäusemaid und beobachtete angsterfüllt, was hoch oben in den Klippen vor sich ging.

Die Anstrengung war so groß, dass Martin nur noch stoßweise atmete, als er sich schließlich auf den Felsvorsprung zog und das Netz hinter sich herzerrte.

Schmuddel sah ihn, sprang auf und schrie: »Großemaus, Martinmaus, rettemiiiiich!«

Die Tölpelfrau richtete den Blick ihrer bedrohlich funkelnden Augen auf Martin, als dieser das Schwert aus dem Mund nahm.

»Schmuddel, ganzleise, keinenmucks! Bleibruhig, ruhig!«

Steifbeinig tat die Tölpelfrau einen Schritt auf Martin zu und senkte ihren tödlichen gelben Schnabel. Der junge Mäuserich schwang das kleine Schwert. Es prallte laut klappernd am Schnabel des großen Vogelweibchens ab, was zwar völlig harmlos war, aber zumindest ausreichte, um sie innehalten zu lassen. Martin schüttelte das Netz und schlug damit gegen die Füße der Vogelfrau, worauf diese einen Schritt zurückwich. Der Mäuserich hörte, wie Schmuddel vor Entsetzen aufschluchzte. Nur mühsam konnte Martin zum hinteren Teil des Felsvorsprunges vordringen, indem er immer wieder mit dem Schwert zustieß und mit dem Netz schlug. So gelang es ihm schließlich, sich zwischen das Vogelweibchen und ihr Nest zu schieben.

Als die Tölpelfrau spürte, dass ihre Küken in Gefahr waren, breitete sie ihre Flügel aus, senkte den Kopf und zischte den Eindringling mit weit geöffnetem Schnabel an. Martin wusste, dass er nicht mehr viel Zeit hatte – der Angriff seiner Gegnerin schien unmittelbar bevorzustehen. Er musste sich blitzschnell etwas einfallen lassen. In der Hoffnung, dass man ihn unten am Strand hören konnte, warf er seinen Kopf in den Nacken und schrie der Tölpelfrau entgegen: »Breitet die Netze aus und hebt sie hoch! Fasst alle mit an! Haltet euch bereit!«

Rose hörte ihn. Zunächst dachte sie daran, ihren Adlerschrei auszustoßen, aber dann würde sich das Tölpelweibchen zum Schutz seiner Brut instinktiv auf das Nest setzen, und wenn Martin oder Schmuddel sich am Nestrand befanden, bestand die Gefahr, dass sie die beiden zerquetschte.

Rose packte die eine Ecke des Netzes, hielt sie hoch über den Kopf und schrie aus vollem Halse: »Netz hochhalten! Straff ziehen. Jetzt!«

Die Zwergspitzmäuse des Hochtierstammes blieben einen Augenblick lang verunsichert stehen, bis ein barscher Befehl von Königin Amballa sie hastig ihre Plätze am Rand des Netzes einnehmen ließ. Rose, Pallum, Brummel und Amballa standen jeweils an den Ecken.

Die Königin bellte ihre Befehle: »Haltet Netzehoch, hochhoch! Ziehtjetzt straffganzstraff!«

Da endlich wurde das Netz hochgehoben und straff gespannt festgehalten.

Ohne die Tölpelfrau auch nur eine Sekunde aus den Augen zu lassen, streckte Martin seine Hinterpfote aus und gab Schmuddel einen leichten Schubs.

»Losjetzt, Schmuddel. Rutschzum Rand rüber ...«

Schmuddel begann auf allen vieren vorwärts zu krabbeln. Die Tölpelfrau spürte, dass sie ihrer Beute beraubt werden sollte, und versuchte an Martin vorbeizukommen, um zu Schmuddel zu gelangen. Martin stieß mit seinem Schwert zu. Diesmal stach er dem Vogelweibchen in den geöffneten Schnabel. Die Tölpelfrau zahlte es ihm blitzschnell heim, indem sie ihm kräftig in die Seite hackte. Martin sog vor Schmerzen stoßartig den Atem ein. Er drückte eine Pfote auf die Stelle und spürte, wie das warme, feuchte Blut durch seine Krallen rann.

Schmuddel hatte inzwischen den Klippenrand erreicht und spähte hinab in die Schwindel erregende Tiefe.

»Spring, Schmuddel, spring!«, zischte Martin ihm zu.

»Iiieeh, Schmuddel, springtnich! Schmuddel vielangst!«

Martin blieb nichts anderes übrig, als sich umzudrehen und das Zwergspitzmäusekind mit einem kräftigen Tritt ins Hinterteil über den Rand des Felsvorsprungs zu katapultieren.

»Yiiiiiieeeeehhhkkkk!«

Plumps!

Schmuddel war mitten im Netz gelandet, wo er nun auf und nieder federte. Er war gerettet!

Die Basstölpelfrau stieß ein schrilles Kreischen aus und stürzte sich auf Martin. Der Mäuserich sprang zur Seite, ließ das Netz durch die Luft wirbeln und schleuderte es dem Vogelweibchen geradewegs über den Kopf. Das Seetangnetz, das nun den Kopf und einen Flügel der Tölpelfrau einhüllte, schleifte am Boden entlang, worauf sich einer ihrer Schwimmfüße darin verfing. Martin warf sich nieder und zog mit aller Kraft am Netz, wodurch der Kopf der Vogelmutter zur Seite gebogen wurde. Während diese noch versuchte, ihren Fuß zu befreien, versetzte Martin ihrem anderen Bein einen Tritt, der sie krachend zu Boden warf, wo sie im Netz gefangen liegen blieb.

Der junge Mäuserich sprang wieder auf. Seine Brust hob und senkte sich. Lange würde das lockere Netz das große Seevogelweibchen nicht in Schach halten können und er wollte es unter keinen Umständen töten. Die beiden Küken im Nest stießen unentwegt heisere Schreie aus. Martin wandte sich der gefallenen Vogelmutter zu und lockerte das Fischnetz noch etwas mehr.

Dann lief er zum Klippenrand und rief mit lauter Stimme: »Achtung da unten, haltet das Netz bereit! Ich kooooommeeee!«

Dann sprang er so hoch und weit er konnte in den blauen Sommermorgen hinaus. Für einen kurzen Moment stockte ihm der Atem und der Wind sauste in seinen Ohren. Mit ausgestrecktem Körper, fuchtelnden Armen und strampelnden Beinen stürzte er wie ein Stein senkrecht in die Tiefe und landete im Netz.

Wumm!

Alle, die am Strand zugegen waren, brachen in begeisterte Jubelrufe aus.

Rose, Pallum und Brummel waren im Nu an Martins Seite, um ihm vom Netz herabzuhelfen. Die Mäusemaid riss sich ein Stück Stoff vom Saum ihres Kittels.

»Du bist ja verletzt! Lass mich mal sehen. – Dem Himmel sei Dank! Es scheint nichts Ernstes zu sein!«

Während Martin sich noch von ihr verbinden ließ, kam Amballa herbei. Tränen rannen über das Gesicht der Königin, als sie Martin anlächelte. Er wollte ihr das Schwert zurückgeben, doch sie lehnte ab.

»Martinmaus Kriegermaus, mächtigmutig! Rettetmein Schmuddelbaby. Ballamama sagtgenau, wasnun. Hastuwunsch? Wirddir soforterfüllt!«

Pallum stieß Martin an und flüsterte ihm zu: »Sie hat gerade verkündet, dass sie dir jeden Wunsch erfüllt, weil du Schmuddel gerettet hast. Soweit ich weiß, hat die Königin noch nie so etwas Nobles getan.«

Stille senkte sich über die versammelten Zwergspitzmäuse des Hochtierstammes. Martin hob die Pfote und befreite Rose mit zwei forschen Schwertstreichen von dem Baumstamm, an den sie gebunden war. Dann schritt er zielstrebig zu Pallum und Brummel hinüber und zerschnitt die Seetangfesseln, die sie mit ihren Baumstämmen verbanden. Pallum konnte sich an ein Leben ohne das große Fesselholz an seinen Hinterpfoten schon gar nicht mehr erinnern. Er hielt die zerschnittenen Seetangenden hoch und weinte leise vor sich hin.

Martin trat der Königin der Zwergspitzmäuse entgegen. »Wir wollen frei sein!«

Die Stille am Strand nahm noch zu, als Amballa sich würdevoll aufrichtete und Martin mit ihren grimmigen kleinen Augen durchdringend anstarrte. »Ballamama sagtgenau, wasnun. Ihralle seidfrei!«

Die Reihen der Zwergspitzmäuse des Hochtierstammes teilten sich, um die vier Freunde hindurchschreiten zu lassen. Schweigend traten sie den Weg in die Freiheit an. Die zerschnittenen Seetangenden hielten sie in ihren Pfoten, um nicht darüber zu stolpern.

Urplötzlich kam Schmuddel mit einem Stock in der Pfote auf Martin zugestürzt. Er schlug den jungen Mäuserich, so hart er nur konnte. Martin zuckte zusammen, als der Stock ihn mitten im Gesicht traf. Schmuddel war außer sich vor Wut. Er prügelte kreischend auf sein Opfer ein und wurde dabei immer zorniger.

»Großemaus michgetreten. Machtot Großemaus. Er michgetreten, michschmuddel!«

Blitzschnell trat Amballa zwischen die beiden. Sie packte Schmuddel, brach seinen Stock entzwei und warf ihn fort. Dann hielt sie ihren Sohn am Schwanz fest und begann, ihm kräftig den Hosenboden zu versohlen.

»Martinmaus hatrecht. Du … dummes … kleines … Gör!«

Die Zwergspitzmäuse brachen in laute Jubelrufe aus, während Schmuddel ein qualvolles Geschrei anstimmte. Der Lärm drang durch die sonnendurchflutete Morgenluft an die Ohren der vier Freunde, die nun frei und ungehindert am Strand entlangspazierten und sich dabei immer weiter von den Zwergspitzmäusen und ihrem Leben in Gefangenschaft entfernten.

Brummel lächelte zufrieden. »Hajaj, des duat wie Musik in mei Ohra klinga!«

14

Während Käpt'n Tramon Pantine einen Trupp um die Landzunge herumführte, um nachzusehen, was sich von seinem Schiff noch bergen ließ, wandte Böswill sich anderen Angelegenheiten zu. Druhp, der Rötelmäuserich, stand vor dem Tyrannen in dessen langem Holzhaus. Böswill hatte seine Gehilfen Garrad und Zisch angewiesen, etwas zu essen für den Spitzel herbeizuholen, und so wurden nun ein gebratener Seevogel, ein gebackener Fisch, frisches Brot und ein Krug mit Pflaumenwein vor Druhp hingestellt. Allerdings war dem Verräter plötzlich der Appetit vergangen. Gänzlich eingeschüchtert durch die Gegenwart des mächtigen Böswill beäugte er ängstlich die langen dünnen Rohrstöcke, die Garrad und Zisch in ihren Pfoten hielten. Der Rötelmäuserich hatte ihnen alles verraten, was er wusste, aber Böswill war noch immer nicht zufrieden. Die Augen des Hermelins strahlten Gefahr aus. Der Tyrann war unberechenbar.

»Mal sehen, ob ich dich richtig verstanden habe, Druhp. Du

wusstest, dass die Gefangenen aus der Grube fliehen wollten, hast aber keine Ahnung, wie sie es angestellt haben. Du kennst die Anführer der aufständischen Sklaven und weißt, dass sie Waffen vergraben haben, kannst mir jedoch nicht sagen, was sie damit zu tun beabsichtigen. – Du willst mich wohl für dumm verkaufen, Rötelmäuserich? Was ich brauche, sind pfotenfeste Angaben, damit ich etwas unternehmen kann!«

Druhp schluckte schwer, sein Mund war völlig ausgetrocknet. »Ich kenne die genaue Stelle, wo sie die Waffen vergraben haben, Herr.«

Böswill lächelte Zisch und Garrad zu. Geschwind erhob er sich aus seinem Thronsessel und klopfte Druhp auf die Schulter. Er konnte spüren, wie der Spitzel unter seiner Berührung zusammenzuckte.

»Gut, sehr gut. Das gefällt mir schon besser. Dann sag mir, wo genau sie sich jetzt befinden.«

»Herr, sie wurden im Sklavenverschlag in der Erde vergraben, und zwar direkt unter dem Strohlager einer Otterfrau namens Tallgruh. Ich habe gesehen, wie sie das Loch gegraben hat. Sie weiß allerdings nicht, dass sie dabei beobachtet wurde.«

Böswill wandte sich an seine Gehilfen. »Kommt mit, wir werden uns das einmal ansehen. Gut gemacht, Druhp. Von nun an besteht deine Aufgabe darin, Augen und Ohren aufzusperren und mir alles zu berichten, was bei den Sklaven vor sich geht. Setz dich, iss, trink und mach es dir ruhig bequem.«

Als Böswill und seine Kumpane das Holzhaus verlassen hatten, kehrten Druhps Selbstvertrauen und Appetit zurück. Er nahm am Tisch Platz, schenkte sich einen großen Becher Wein ein und riss dem gebratenen Seevogel einen Schenkel aus. Das frische Brot duftete vorzüglich und er stopfte es sich gierig in den Mund. Während er so dasaß, den Pflaumenwein hinunterstürzte und seine Zähne in das warme Fleisch schlug, huschte ein seltenes Lächeln über sein Gesicht. Sollten die anderen doch hilfsbereit und entgegenkommend sein. Für ihn stand Selbsterhaltung jedenfalls an erster Stelle.

Seit Beginn der Belagerung durch Pantine hatten die Sklaven die Pfoten in den Schoß gelegt, aber sie wussten, dass dieser Zustand nicht von Dauer sein würde. Böswill würde sie schon bald wieder unter Peitschenhieben zur Schwerstarbeit heranziehen. Es war ein warmer, träger Nachmittag, an dem sich kaum ein Lüftchen regte. Sie packten die Gelegenheit beim Schopf und ruhten sich in der Sonne aus.

Ein Mäuserich namens Schafgarbe spazierte zum Palisadenzaun hinüber und spähte durch einen Spalt. »Borkenhans! Böswill ist auf dem Weg hierher. Garrad und Zisch hat er auch dabei.«

Der alte Eichhörnchenmann war sofort an seiner Seite. »Tatsächlich, ich kann sie sehen. Ich frage mich, was die wohl hier wollen.«

Böswill stellte sich in die Mitte des Verschlages. Ein wissendes Lächeln umspielte seine Lippen. Die Sklaven scharrten nervös mit den Pfoten, als Zisch und Garrad zwischen ihnen umhergingen und ihre langen, dünnen Rohrstöcke durch die Luft sausen ließen. Die Stimme des Tyrannen klang sanft, fast schon freundlich, als er sich an seine Gefangenen wandte.

»So, nun habt ihr also ein paar schöne, geruhsame Tage gehabt, aber morgen früh geht's wieder an die Arbeit. Stellt euch neben eure Betten, damit wir euch durchzählen können.«

Die Sklaven beeilten sich, dem Befehl Folge zu leisten, wobei sie um die Rohrstöcke von Zisch und Garrad einen weiten Bogen machten. Verängstigt nahmen sie neben den erbärmlichen Strohsäcken, die ihnen als Schlafstätten dienten, Aufstellung. Eine unheimliche Stille senkte sich über den Verschlag, als die beiden Hauptleute zwischen den Sklaven hindurchgingen. Garrad nahm sich die eine Seite vor und Zisch die andere. Jedem Einzelnen, der von ihnen gezählt wurde, klopften sie mit ihren Stöcken gegen die Brust.

Stechginster, der alte Igel, stand vor einer sehr jungen Maus namens Reifchen. Als Garrads Rohrstock sich an ihm vorbeischlängelte, um die Kleine zu berühren, schlug Stechginster ihn mit der Pfote beiseite und rief mit kühner, forschender Stimme: »Was soll das alles? Was wollt ihr eigentlich von uns?«

»Stechginster, so heißt du doch, oder?« In der Stimme des Tyrannen lag noch immer eine trügerische Freundlichkeit.

»Ja, so werde ich genannt.«

»Hmm, das dachte ich mir schon. – Lasst mich mal überlegen, wer von euch ist denn nun Borkenhans?«

Felldohs Vater trat einen Schritt vor. »Ich bin Borkenhans.«

Böswills Augen schweiften hierhin und dorthin. »Keyla, gibt es unter euch einen jungen Otter namens Keyla?«

»Ja, der bin ich!« Keyla hielt eine Pfote hoch.

Böswill starrte den Otter einen Moment lang an. »Gut, gut. Du kannst mir doch sicherlich sagen, wer von euch Tallgruh ist. Es handelt sich um eine Otterfrau.«

Keyla tauschte viel sagende Blicke mit Borkenhans und Stechginster, ehe er antwortete: »Tallgruh? Hier gibt es keine Tallgruh.«

Böswills Stimme wurde streng. »Wenn ihr mich anlügt, werdet ihr sterben, und zwar alle drei! Wer ist Tallgruh?«

Die Otterfrau konnte nicht mit ansehen, wie ihre Freunde sich ihretwegen in Gefahr brachten. Sie hob ihre Pfote. »Ich heiße Tallgruh.«

Böswill schritt zu ihr hinüber und trat gegen ihren Strohsack. »Schaff das beiseite und fang an zu graben!«

Zögernd kam Tallgruh seiner Aufforderung nach. Die Mittagssonne brannte auf den Verschlag hernieder. An der Stelle, wo die Otterfrau mühsam mit beiden Pfoten den sandigen Lehmboden aufgrub, stieg eine kleine Staubwolke auf. Borkenhans blickte zu Stechginster hinüber. Die traurigen Augen der beiden Gefährten ließen erahnen, wie niedergeschlagen sie waren.

Tallgruh grub, bis sie in einem Loch stand, das ihr bis zum Bauch reichte. Der Schweiß rann ihr in die Augen, die sie gesenkt hielt, sodass ihr erstaunter Blick nicht zu sehen war.

Böswill spürte, dass etwas nicht stimmte. »Garrad, Zisch! Zerrt die Otterfrau aus dem Loch und macht an ihrer Stelle weiter!«

Die beiden Hauptleute beeilten sich, seinem Befehl nachzukommen. Sie legten ihre Rohrstöcke beiseite, zogen Tallgruh aus der Grube und begannen zu graben, während der Tyrann ihnen mit zornig blitzenden Augen dabei zusah. Ihre Pfoten stießen bei ihrer Suche jedoch nur auf Erde und noch mehr Erde.

Als sie schon fast bis zum Kopf in der Tiefe verschwunden waren, herrschte Böswill sie an: »Kommt sofort da raus, ihr Trottel! Seht ihr denn nicht, dass es da nichts zu holen gibt?«

Als die Gehilfen herauszuklettern versuchten, rutschte Garrad, der Kleinere der beiden, ab und fiel zurück in die Grube. Ein deutlich vernehmbares Kichern unter den Sklaven ließ Böswill herumwirbeln. Er blickte in die Runde: »Wir werden ja sehen, ob euch das Lachen nicht vergeht, wenn ihr morgen doppelt so hart rangenommen werdet!«

Zisch half dem Ratterich aus der Grube, während Böswill aus dem Verschlag stürmte. Bedächtig trotteten die beiden Gehilfen hinter dem Tyrannen her, dessen wallender Umhang sich dunkel gegen die strahlende Mittagssonne abhob.

Tallgruh breitete ihre staubbedeckten Pfoten aus. »Wo sind die Waffen denn nur abgeblieben? Sie sind ja nicht mehr da!«

»Ach du dicke Jahreszeit! Wo mögen sie wohl hingekommen sein?«, fragte Keyla mit Unschuldsmiene.

Borkenhans hielt dem Otter drohend seine Pfote unter die Nase. »Das weißt du ganz genau, du junger Spitzbube!«

Keyla grinste schelmisch. »Richtig, ich weiß es! Aber Druhp weiß es nicht. Er hat zugesehen, wie Tallgruh die Waffen vergraben hat, und ich habe ihn dabei beobachtet. Als er eingeschlafen war, zog ich Tallgruh und ihren Strohsack vorsichtig zur Seite. Sie schlief ebenfalls tief und fest, denn sie war erschöpft vom Graben. Ich grub die Waffen einfach wieder aus und suchte mir ein anderes Versteck dafür.«

Tallgruh schüttelte verblüfft den Kopf. »Aber wo bist du denn nun damit abgeblieben, Keyla?«

»Hah! Direkt in der Mitte des Verschlages – an der Stelle, wo Böswill stehen blieb, als er zu uns hereinkam. Hihihi!«

Druhp saß inmitten der Überreste seines Festmahls und nippte am letzten Becher Wein, als die Tür des langen Holzhauses mit einem lauten Knall aufgeschlagen wurde. Flankiert von Garrad und Zisch trat Böswill ein. Der Wein ergoss sich über den Boden, als der Becher gegen die Wand flog. Der Stuhl, auf dem Druhp saß, wurde unter ihm fortgezogen, sodass er im Pfotenumdrehen flach auf dem Rücken lag. Er konnte die Hinterklauen des Tyrannen an seiner bebenden Kehle spüren.

»Du hast mich zum Narren gehalten, Druhp«, krächzte die Stimme des Hermelintyrannen, der sich vor lauter Wut kaum noch im Zaum halten konnte. »Ich mag es nicht, wenn man einen Narren aus mir macht. Ich sollte dich töten, aber das werde ich nicht tun. Du wirst auch weiterhin für mich herumschnüffeln. Allerdings werde ich dir zunächst eine Lektion erteilen!«

Ein Schluchzer entrang sich Druhps Kehle, als Böswill seinen Hauptleuten zurief: »Bringt mir eure Rohrstöcke und bewacht die Tür, damit er nicht entwischen kann!«

Mit einem heißen, windstillen Sommerabend neigte sich der Tag seinem Ende zu. Tramon Pantines Mannschaft scharte sich am Strand um mehrere Feuerstellen. Der Käpt'n hatte seinen Piraten nicht gestattet, sich in Böswills »schmucker Festung« einzuquartieren, wo die Horde des Tyrannen sie mühelos im Schlaf überrumpeln konnte. Es war in der Tat wesentlich sicherer, unter freiem Himmel direkt an der Gezeitenlinie zu nächtigen.

Bei Ebbe hatte Pantine die Überreste seines Schiffes in Augenschein genommen. Es bestand die Möglichkeit, den Rumpf ans Ufer zu ziehen und wieder instand zu setzen. Der Rest der Aufbauten konnte dann erneuert werden. Dampf stieg von dem Korsaren auf, der seine Kleidung, am Feuer sitzend, auf seinem Körper trocknen ließ. Er nagte an einer gerösteten Makrele und nahm einen kräftigen, geräuschvollen Schluck aus einem Krug mit altem Algenbier.

Den eigentümlich gekleideten Hasen, der im Halbdunkel neben ihm saß, bemerkte er erst, als dieser zu ihm sprach.

»Sagt mal, alter Junge, besteht vielleicht die Möglichkeit, einen Schluck von dem Algenbier zu ergattern? Einem Tropfen von dem guten alten Strandwasser wäre ich nämlich alles andere als abgeneigt.«

Der unerschütterliche Pantine drückte seinen Krug empört an sich und musterte das merkwürdige Geschöpf eingehend. »Besorg dir gefälligst dein eigenes Bier, Kaninchen. He, sag ma', zu meiner Mannschaft gehörst du aber nich', oder?«

Der Hase stupste ihn keck an und zwinkerte ihm zu. »Vermaledeit noch eins, das will ich auch nicht hoffen. Das is' 'n ganz schön wilder Pöbel, was, was?«

Tramon wandte sich an den Seeratterich, der ihm am nächsten saß. »Ahoi, Grautsch. Wer is' dieser Bursche? Gehört er etwa zu Böswill?«

Grautsch warf einen argwöhnischen Blick auf den Hasen. »Ich kann mich nich' erinnern, ihn in der Festung gesehn zu ha'm, Käpt'n. Soll ich ihn für Euch aufspießen?« Er zog einen langen, rostigen Dolch.

Ballor, denn um diesen handelte es sich, streckte ganz plötzlich seine Pfote ins Feuer. »He, seht mal alle her!«

Eine riesige, in gelben Rauch gehüllte Säule aus grünen Flammen stieg auf.

Die Korsaren wichen wie von der Tarantel gestochen vom Feuer zurück. Pantine fiel ein großes Stück Fisch aus seinem weit offen stehenden Mund und verschwand im Ausschnitt seines dampfenden Hemdes. »Potz Peitschenhieb, 'n Zauberlangohr! Wie machste das, Kumpel?«

»Das kann ich Euch leider nicht sagen, Alterchen. Meine Kehle ist einfach zu ausgetrocknet. Ich bringe kein Wort mehr über die Lippen.«

Pantine reichte ihm den Krug mit Algenbier. »Dann führ dir ma' das hier zu Gemüte.«

Ballor wischte mit seiner Pfote über den Rand des Kruges und leerte ihn dann in einem einzigen langen Zug. Die Seeratten waren völlig verblüfft.

»Die reinste Verschwendung! Schade um das gute Bier. Der Kerl is' ja 'n Fass ohne Boden!«

Ballor sprang senkrecht in die Höhe und stieß einen gellenden Schrei aus: »Auauuuuu!«

Dann fiel er flach auf den Rücken und blieb reglos liegen.

»Haharr, wusste ich's doch«, kicherte Pantine. »Der is' hin. Hat sich selbst ins Jenseits befördert, weil er das ganze Bier so schnell runtergekippt hat. Das Kaninchen is' mausetot, Kumpels!«

»Nee, isses nich', Käpt'n. Seht doch, das Kaninchen kommt wieder zu sich!«

Ballors lange Beine schlugen einmal, zweimal, dreimal aus. Er begann zu stöhnen und umklammerte mit einer Pfote seine Kehle, während er sich die andere Pfote in den Rachen stopfte.

Argwöhnisch nahm Pantine den angeschlagenen Hasen näher in Augenschein. »Was is' denn jetzt mit ihm los, Kreuzzahn?«

»Sieht ganz so aus, als ob was in seiner Kehle steckt, Käpt'n. Oh, seht doch ma'!«

Den Korsaren stockte vor Erstaunen der Atem, als Ballor ein langes Band aus seinem Mund zu ziehen begann. Langsam entfaltete es sich. Es war recht breit und mit Rüschen verziert. Mehr und mehr von dem Band kam zum Vorschein, als der Hase beide Pfoten zu Hilfe nahm und noch schneller daran zog. Es waren immer wieder andere Farben, die aus seinem Mund quollen: Rot, Blau, Rosa, Braun, Grün, Purpurrot … Den Höhepunkt bildete ein leuchtendes Gelb, auf dem etwas in großen, schwarzen Buchstaben geschrieben stand.

Ballor setzte sich auf und las es laut vor: »*Käpt'n Tramon Pantine* – tja, das muss dann ja wohl Eure Wenigkeit sein, Herr!«

Pantine kratzte sich heftig an seinem geflochtenen Bart. »Ja, das is' mein Name. Woher weißt du das?«

Ballor neigte sich zu Pantine hinüber und flüsterte ihm ins Ohr: »Es würde Euch erschüttern, wenn Ihr erfahren würdet, was wir Zauberlangohren alles wissen, alter Knabe. Hier!« Er reichte Pantine einen rosigen Apfel, den er dem Hermelinpiraten aus dem Ohr zu ziehen schien.

Tramon klapperte vor Begeisterung mit seinen Pantinen. Sein neuer Freund gefiel ihm außerordentlich gut.

»Grassel, Sumpfer, holt Wein und was zu essen für unser Zauberlangohr hier. Na los doch, Kumpel, nun sag uns schon, wie du heißt.«

Ballor verneigte sich höflich. »Rhognal!«

»Rhognal, was soll denn das für 'n Name sein?«

»Nun ja, auf diesen Namen kommt man, wenn man das Wort ›Langohr‹ rückwärts buchstabiert, mein alter Prachtbursche.«

»Haharrharrharr! Du gefällst mir, Rhognal. Führ uns doch noch mehr Zauberkunststücke vor.«

Ballor ließ Kopf und Ohren hängen und setzte eine Trauermiene auf. »Das würde ich ja gerne, alter Kumpelfreund, aber leider muss ich jetzt gehen. Wenn Ihr allerdings auch noch andere Zauberkünstler sehen möchtet, dann ließe sich das einrichten. Wir könnten Taschenspielertricks vorführen, die Geschichte einer unerwiderten Liebe erzählen und ein paar Gaunerstückchen zeigen, die Euch wahrhaftig in Erstaunen versetzen würden!«

»Oh ja, das wär großartig, Rhognal, alter Kumpel!« Pantine nickte eifrig. »Wann bringste denn deine Freunde mit?«

»Morgen Abend, gleich nach Sonnenuntergang. Wenn Ihr mir Euer Ehrenwort gebt, dass uns nichts geschehen wird, dann könnten wir uns im Innenhof der Festung dort treffen.«

Der Käpt'n legte eine schmuddelige Pfote auf seinen Bauch, dessen Wert ihm wesentlich höher erschien als der seines Herzens. »Ehr'nwort? Ich schwör dir meinen heiligen Korsareneid, Kumpel. Du und deine Freunde, ihr werdet auf Pfoten getragen, in Watte gepackt und wie ein rohes Ei behandelt. Ich werd jedem, der es wagt, Euch auch nur schief von der Seite anzugucken, persönlich den Bauch aufschlitzen!«

»Na, dann bis morgen Abend, mein Pantinchen!«

Ballor ließ seine Pfote über das Feuer schnellen. Ein Krachen ertönte.

Dichter, purpurroter Rauch breitete sich aus und eine weiße, gleißende Flamme stach in die Höhe – dann war der Hase verschwunden.

Die Korsaren standen ehrfürchtig schweigend am Feuer und rieben sich die Augen, die der auflodernde Lichtblitz geblendet hatte.

Grassel schüttelte traurig den Kopf. »Nu' is' das Zauberlangohr einfach so auf 'nem Blitzstrahl davongesegelt. Glaubt Ihr, dass er wie versprochen auftauchen wird, Käpt'n?«

Pantine durchsuchte sein Hemd nach dem Stück Makrele und fischte es heraus. Er nickte, während er zu kauen begann. »Mein guter Grassel, natürlich wird er das! Rhognal is' doch mein Kumpel. Haste gehört, wie er mich genannt hat? ›Mein Pantinchen‹. Is' das nich' nett von ihm?«

Ballor trottete unterdessen zum Lager zurück. Fröhlich summte er eine Melodie vor sich hin, die er sich soeben ausgedacht hatte. Eichenfarn empfing ihn mit lauter Stimme.

»Aufgepasst, alle miteinander! Da kommt Rhognal, das Zauberlangohr, das gerade seinen ersten Auftritt bei den Korsaren hinter sich hat.«

»Selber Zauberlangohr, du alte Streifenhündin.« Ballor erhaschte ein großes Stück Kirschkuchen. »Nun denn, Jungs und Mädels, die reizende alte Posse hat funktioniert. Unsere Eröffnungsvorstellung findet morgen Abend im großen Innenhof der vermaledeiten Festung Marschank statt. Auf den Reineclaude ist Verlass, was, was?«

»Ballor, du hast dir ein dreifaches Hoch mehr als verdient!«, rief Felldoh und schüttelte bewundernd den Kopf.

Entrüstet stellte der Theaterhase seine Ohren auf. »Den Beifall könnt ihr euch sparen. Ein dreifaches Abendessen wäre mir allemal lieber. Außerdem brauche ich unbedingt was Anständiges zu trinken. Ich muss so schnell wie möglich den Geschmack von dem Algenbier dieses Korsaren fortspülen. Was für ein abscheuliches Gesöff! Die Jungs von diesem Käpt'n Pantine werden's bestimmt nicht mehr lange machen, wenn sie dieses Zeug trinken, oh nein! Sie werden am Ende noch ganz entstellt aussehen oder gar verwesen. Das könnt ihr mir ruhig glauben.«

Im Licht der Mondsichel probte die Fahrende Farnkraut-Truppe hoch oben auf den von der Tagessonne erwärmten Klippen für ihre Vorstellung am darauf folgenden Abend. Felldoh und Broom lernten sehr schnell, was sie zu tun hatten. Es blieb ihnen auch gar nichts anderes übrig.

15

Mehr als eine Tagesreise weiter nördlich hatten Martin und seine Freunde auf denselben Klippen ihr Nachtlager aufgeschlagen. Da sie sich in einem fremden und möglicherweise sogar feindlichen Gebiet befanden, wagten sie jedoch nicht, ein Feuer zu entfachen. Erschöpft lagen sie am Rande eines kleinen verkümmerten Wäldchens, das sich fast bis zum Klippenrand erstreckte.

Brummel rieb sich seinen dicken Bauch, der kläglich vor sich hin knurrte. »Hajaj, yi müssat scho 'ntschuldiga, abr mei Bauch duat denka, doss mei Mund des Essa v'rlernt haba duat.«

Rose stützte sich auf ihre beiden Vorderpfoten. »Ich würde alles drum geben, wenn ich jetzt ein ganz gewöhnliches Haferbrötchen mit Honig bekommen könnte.«

Das Brötchen traf Rose direkt am Kopf und landete vor ihrer Nase auf dem Boden. Sie fuhr hoch und blickte erstaunt darauf. »Wo um alles in der Welt ist das denn jetzt hergekommen?«

Brummel hob es auf und biss hinein. »Hajaj, 's is noch warm, un mit Honich b'stricha duat 's au seia!«

»Heda! Kann ich auch eins bekommen?«, rief Pallum keck in die Dunkelheit.

Er hatte die Worte kaum ausgesprochen, als ein Brötchen mit einem dumpfen Aufprall neben ihm auf dem Boden landete. Der Igel kicherte vor Vergnügen. Er fragte nicht lange, woher das Essen kam. Pallum war ein etwas einfältiger, aber durchaus praktisch veranlagter Bursche.

»Na, mach schon, Martin! Versuch dein Glück. Frag, ob du auch eins bekommst!«

Der junge Mäuserich stand aufrecht da, blickte sich wachsam um und hielt Amballas kleines Schwert kampfbereit in der Pfote. Er spähte in die Dunkelheit und murmelte: »Nun gut, ich hätte gerne ein Honigbrötchen. Etwas zu trinken wäre auch nicht schlecht. Erdbeersaft zum Beispiel.«

Das Brötchen traf seine Hinterpfote. Er hatte nicht gesehen, aus welcher Richtung es gekommen war. Als er sich bückte, um es aufzuheben, rief eine Stimme aus dem Wald: »D' Brötcha duat Yi haba könna, mei Lieba, abr mei guta Bechr dua i nich nuntrwerfa. Da würd ja des Trinka übrall v'rschüttet werda. Nä oh nä!«

Brummel sprang auf und schwang seine Kelle, die er von den Zwergspitzmäusen zurückerhalten hatte. »Diesa Sprach dua i kenna. Des duat a Maulwurf seia, g'nau wie i!«

Eine Maulwürfin kam aus der Dunkelheit herbeigestapft. Sie trug eine viel zu große Morgenhaube und eine riesige geblümte Schürze.

»I dua nich im G'ringsta wie Yi seia, Meistr. I dua nur wie i seia – Pollikin.«

Sie setzte sich neben die Gefährten ins Gras, wischte sich ihre Pfoten an ihrer geblümten Schürze ab und sprach mit ihnen, als würde sie sie schon eine Ewigkeit kennen.

»Meinr Treu, des duat heut villicht a heißr Sommrtag g'wesa

seia. Des duat 's wirklich. I hatt d' Brötcha zom Abkühla in d' Schatta g'legt un wollt s' grad oisammln, als i höra konnt, doss do oinr sich nach Brötcha sehna duat. Also dua i ihm welcha nuntrg'worfa haba.«

Rose brach in ihr fröhliches, glockenhelles Lachen aus. »Oh, das ist aber wirklich lieb von Euch, Pollikin. Vielen Dank!«

Die Maulwürfin stand auf und klopfte sich geschäftig den Staub ab. »I dua a'nehma, doss yi sär hungrig un au durstig seia duat. Des duat junga G'schöpf eig'ntlich immr seia, gonz b'sonders, wenn s' auf Wandrschaft seia duat. Na, dann duat ama mitkomma. Mei Z'haus duat gonz in dr Näh seia.«

Während Pollikin sie zu ihrer Behausung im Wald führte, stellten die Gefährten sich vor und erzählten der Maulwürfin von ihren Abenteuern.

Als Brummel zu ihrem Heim aufschaute, konnte er seinen eigenen Augen kaum trauen. »Grundgütiga Jahreszeit! A Maulwürfin, die auf oim Baum leba duat. Jung, Jung!«

Pollikin lebte tatsächlich auf einem Baum. Es war eine alte, abgestorbene Eiche, die umgestürzt und schräg gegen einen hohen Felsblock gelehnt liegen geblieben war. Der Stamm diente praktisch als Treppe. Sie folgten der Maulwürfin hinauf in einen großen, gemütlichen Raum, der zwischen drei dicken Ästen eingerichtet war. Der Boden und auch das Dach bestanden aus Treibholz und Tauwerk, deren Risse zum Schutz vor Wind und Wetter mit Moos, Erde und Blättern ausgefüllt und abgedichtet worden waren. Aus dem Laubwerk der umstehenden Bäume waren durch kunstvolles Flechten und Weben die Wände entstanden. Die Gefährten nahmen auf einem niedrigen, moosbewachsenen Ast Platz, der breit genug war, um als Bett zu dienen. Sie hörten Pollikin zu, die während der Zubereitung des Abendessens unaufhörlich plapperte.

»Hajaj, i dua nu gonz alloi auf dr Wält seia. D' Kloi duat lang scho groß seia un dr Stamm is fortg'zoga. Un so dua i, wos ma g'fällt, dua in meim Baum wohna, niemanda fürchta un d' meista Lebawesa willkomma heißa, oh ja, haja.«

Als das Abendessen endlich fertig war, konnte man es fast schon als sensationell bezeichnen. Es gab Erdbeersaft, Löwenzahn-Kletten-Bier und heißen Pfefferminztee. Auf einem kleinen Steinofen, der mit Holzkohle befeuert wurde, hatte die unscheinbare Maulwürfin einen Eintopf aus Möhren, Rüben, Erbsen und Porree, ein großes Bauernbrot und mehrere Petersilienteigtaschen mit Champignonfüllung zubereitet. Aus ihrer Speisekammer holte sie einen dunklen, schweren Früchtekuchen mit einer Ahorncremegarnierung sowie verschiedene Wildbeerentörtchen. Sie eilte geschäftig hin und her, bis sie schließlich alles auf dem Boden ausgebreitet hatte.

»So, un nu duat eu mei klois Mahl ruich schmecka lossa. I dua immr jeda Mäng z' Essa dahaba. Yi würdat stauna, wie viela B'suchr i so haba dua, mei Lieba.«

Ihre Unterhaltung fand vorläufig ein jähes Ende, als die Gefährten sich nun uneingeschränkt dem Essen zuwandten. Pollikin sah ihnen dabei zu. Sie saß auf einem wippenden Ast, schaukelte vor und zurück und ließ die Finger ihrer alten Grabklauen gegeneinander tippen. Erst als die Gäste ihren größten Hunger gestillt hatten und nur noch gemächlich den einen oder anderen Leckerbissen zu sich nahmen, hob sie wieder zu sprechen an.

»D' G'schöpf, nach dena yi auf dr Such seiat, duat hiera nich vorbeikomma seia.«

Rose seufzte und schenkte sich einen Becher von dem duftenden Pfefferminztee ein. »Ich hoffe inständig, dass sie gesund und munter sind, Pollikin.«

Die Maulwürfin schloss ihre Augen und nickte langsam. »Abrja, im Moment duat s' in Sichrheit un gut v'rsorgt seia, Frolleinche. Duat Eu nur koi Sorga macha.«

Pallum starrte sie neugierig an. »Woher wollt Ihr denn das wissen?«

Die Maulwürfin nickte noch immer mit geschlossenen Augen, als sie ihm antwortete: »I dua viela Dinga wissa, abr i dua koi Ahnung haba, wrum i s' wissa dua. Orta, G'sichtr, G'schehnissa, alle möglicha Dinga duat ma im Kopf rumschwirra wie Biena in oim Bienastock.«

Martin sah die weise alte Maulwürfin unverwandt an. Sein Essen war vergessen. »Oh ja, als wir uns begegneten, hatte ich gleich das Gefühl, dass Ihr etwas ganz Besonderes seid.«

Pollikin zuckte die Schultern und öffnete ein Auge, um Martin anzusehen. »I dua nix dagega macha könna, Meistr. Yi duat a Kriegr seia, g'nau wie Eur Vatr vor Eu. Des kloi Messr do duat nich sei Schwert seia. Yi duat noch a langa Weg vor Eu haba, b'vor des Schwert wiedr zu Eu z'rückkehra duat. Des duat Eu abr nich zu oim wänigr guta Kriegr macha. I dua in d' viela Jahreszeita meines Läbns großa, mutiga Kriegr kenna g'lernt haba, abr koina wie Eu, Martn.«

Dann sagte die Maulwürfin nichts mehr, sie war eingenickt. Als die Gefährten ihre Mahlzeit beendet hatten, legten sie sich auf dem breiten, bequemen Ast nieder. Schon bald waren sie ebenfalls eingeschlafen. Das Mondlicht drang durch das Laub vor den Fenstern und erhellte die Gesichter der vier schlummernden Freunde. Pollikin ging lautlos von einem zum anderen und berührte sanft ihre Gesichter. Dann schüttelte sie den Kopf und wischte sich mit ihrer geblümten Schürze über die Augen.

»Ach, yi arma Kloi. Wänn yi wüsstat, wie viel Glück un Traurigkoit noch vor eu liega duat. I dua froh seia, doss mei Jahreszeita däm Ende entgegageht un i nich mär lang d' G'schicka von annera G'schöpfa in meim alta Kopf rumtraga muss.«

Kleine Vögel zwitscherten und die frühe Morgensonne drang durch die Blätterwände des Baumhauses und hüllte den Raum in ein grünlich schimmerndes goldenes Licht, als Martin seine Augen aufschlug.

Er erhob sich leise und kletterte zum Waldboden hinab. Zwischen den Felsen entsprang ein kühler Quell, der sich plätschernd in einen kleinen Teich ergoss. Der junge Mäuserich wusch sich Gesicht und Pfoten, schüttelte die Tropfen ab und trocknete sich mit einer Pfote voll Gras das Fell.

Pollikin eilte geschäftig mit einem kleinen Binsenkorb an ihm vorüber. »A guta Morga, Härr Martn. Duat ama härseha: kloi Pilza, Sellrie, Kopfsalat un früha Haslnüssa, Blattg'müsa, etwos Löwazahn un a paar Holzäpfl.«

Pallum erschien, sah in den Korb und nickte hungrig. »Mmm, es sieht alles so schön lecker und frisch aus.«

Die alte Maulwürfin gab ihm einen Klaps auf die Pfote, als er nach einem kleinen Champignon greifen wollte. »Hojoj, Yi junga Spitzbub. Duat Yi wohl warta, bis i des Frühstück fertig haba dua!«

Brummel und Rose wuschen sich in aller Eile an der Quelle. Dann schüttelten sie das Wasser aus ihrem Fell und kletterten geschwind wieder ins Baumhaus hinauf, um das Frühstück einzunehmen. Pollikin konnte aus Gemüse die schmackhaftesten Speisen zaubern und das tat sie auch an diesem Morgen. Die Gefährten labten sich an ihrer Sellerie-Pilz-Suppe, die mit den Blütenblättern eines jungen Löwenzahns garniert war. Auf die Suppe folgten die am Vortag gebackenen Brötchen, die sich inzwischen mit Honig voll gesogen hatten. Rose schenkte soeben etwas Holzapfelwein aus, als die alte Maulwürfin ihnen aufzuzählen begann, was es alles zum Mittagessen geben würde.

»I dua noch Wildpflauma un Mirabella vom letzta Härbst in dr Speisakammr haba. Da werd i a groẞa Kucha draus backa. Hajaj, un dozu duat 's jeda Mäng Wiesaschaumcreme geba.«

»Hach je, 's duat ma schräcklich Leid dua, Gnädigst, abr wi werdat scho bald aufbrecha müssa.« Großes Bedauern schwang in Brummels Stimme mit.

Pollikin wischte sich ihre kräftigen Grabklauen an ihrer Schürze ab. »Jaja, des werdat yi. I würd ma allrdings inständ'g wünscha, doss yi noch a Weil hiera bleiba würdat, so oin odr zwoi Tag vilicht.«

Rose setzte sich neben die alte Maulwürfin und tätschelte ihr den Rücken. »Ich wünschte, wir könnten für immer bleiben, Pollikin, aber wir müssen uns auf die Suche nach meinem Bruder Broom und unserem Freund Felldoh machen. Das heißt, wenn sie überhaupt noch am Leben sind.«

Pollikin seufzte. »I dua 's Eu doch scho gästrn Abnd g'sagt haba, Frolleinche: D' beida duat am Leba seia un 's duat ihna gut geha. Duat nich fraga, woher i des wissa kaa, denn i könnt 's ohnahin nich ärklära. Abr yi könnat ma ruich glauba, doss i ma da gonz sichr seia dua. 's wär des Best, wenn yi eu von hiera aus direkt zom Mittagstal b'geba würdat. Duat eu von dr Ung'ziefrafestung fern halta. Wenn yi dorthin z'rückkehra duat, werdat des eur Unglück seia.«

Martin lehnte sich zu ihr hinüber. »Inwiefern wird das unser Unglück sein, Pollikin?«

Die alte Maulwürfin schloss ihre Augen und schaukelte vor und zurück. »Nänä, Härr Martn, des dua i Eu nich saga könna un dürfa. 's duat hin un wiedr vorkomma, doss mei alts G'dächnis ma a Streich spiela duat, un i möcht nich G'fahr laufa, Eu villicht d' Unwahrheit z' saga.«

Die Freunde drangen nicht weiter in sie. Allerdings hatte Rose noch eine Bitte an Pollikin: »Ihr habt uns geraten, zum Mittagstal zu wandern. Ich persönlich halte es übrigens für einen sehr weisen Vorschlag. Nur habe ich leider nicht die leiseste Ahnung, wie man von hier aus dorthin gelangt. Wir haben uns leider hoffnungslos verirrt. Könntet Ihr uns vielleicht weiterhelfen?«

Die Maulwürfin schlug ihre Augen auf. Gemächlich bewegte sie sich hierhin und dorthin und durchsuchte ihre Speiseschränke und Vorratslager.

»I dua nich b'sondrs gut im Schreiba seia, Frolleinche. Hier! Duat des nehma un notiera, wos i Eu saga dua, während i etwos z' essa für eu oipacka dua.«

Rose nahm das dargebotene Borkentuch und den Kohlestift entgegen. Sorgfältig schrieb die Mäusemaid alles nieder. Sie ließ Pollikin einige Einzelheiten auch zwei- oder dreimal wiederholen, bis sie wirklich zufrieden war. Fast schon widerwillig gab die alte Maulwürfin die gewünschten Angaben preis, während sie vier Rucksäcke mit Proviant packte.

Pallum sah ihr kopfschüttelnd dabei zu und lächelte liebevoll. »Was für eine wundervolle alte Maulwürfin. Ich wette, dass sogar die Sapschis nett zu ihr wären. Mein Herz und mein Magen sehnen sich danach, länger hier bei Pollikin zu verweilen, aber wir müssen nun einmal weiterziehen. Auf jeden Fall schwöre ich bei meinen Stacheln, dass ich eines Tages hierher zurückkehren und mich wieder von ihr bekochen lassen werde.«

Die Strahlen der Vormittagssonne strömten durch die sanft schwingenden Baumkronen, als die Maulwürfin schweigend auf Nahrungssuche ging, um ihre Vorräte wieder aufzufüllen. Die vier Freunde saßen derweil beisammen und überdachten eingehend die Hinweise, die Pollikin Rose diktiert hatte.

Brummel lächelte verlegen. »Hajaj, i dua mi mit Schrifta immr schräcklich ung'schickt a'stella, Frollein Rose. Könntat Yi ma d' Worta villicht vorlesa?«

Langsam las Rose das Gedicht vor:

»Folgt eurem Stirnschatten vom Mittag an.
Drei tote Wipfel erblickt ihr sodann.
Seht ihr zwei Wege, so nehmt euch in Acht!
Der süße hat manchem schon Unglück gebracht.
Lagert des Nachts, haltet Ausschau bei Tag
nach Dreiauge, der keinen durchlassen mag.
Ihr werdet erfahren, wie's weitergeht,
wenn des Marschwaldhügels Hüter ihr seht.«

Martin kratzte sich nachdenklich am Kinn. »Ich wünschte, Pollikin hätte uns den Weg etwas genauer erklärt.«

Rose zuckte die Schultern. »Sie möchte nicht, dass wir fortgehen. Das arme alte Geschöpf liebt es, Gesellschaft zu haben. Aber sie hat eingesehen, wie wichtig es für uns ist, weiterzuziehen und das Mittagstal zu finden. Daher hat sie sich mit ihrem Gedicht wirklich die allergrößte Mühe gegeben. Wir sollten uns auf den Weg machen und immer nur einen Hinweis als Anhaltspunkt nehmen. *›Folgt eurem Stirnschatten vom Mittag an.‹* Was um alles in der Jahreszeit ist denn ein Stirnschatten?«

Pallum schulterte seinen Rucksack. »Ich glaube, sie meint, dass wir der Sonne den Rücken zuwenden sollen, denn dann liegt der Schatten vor uns, also vor unserer Stirnseite. – Lasst mich mal überlegen ...« Er blickte zur Sonne hinauf und berechnete ihre Bahn. »Bis zum Mittag sind es noch zwei Stunden. Ab dem Nachmittag werden die Strahlen von dort kommen. Um sie dann im Rücken zu haben, müssen wir den Wald demnach in dieser Richtung durchqueren. Kommt, gehen wir los!«

Zögernd nahm Brummel seinen Rucksack an sich. »Abr wo duat denn Fra Pollikin abg'blieba seia?«

Rose wies auf das verkümmerte Dickicht, das sie umgab. »Ich nehme an, dass sie irgendwo da drin steckt und leise vor sich hin schmollt. Nun ja, ich kann es ihr nicht einmal verübeln. Ich bin ja selbst ziemlich traurig darüber, dass wir diesen Ort schon verlassen müssen. Aber wir haben leider keine andere Wahl. Ich werde ein Abschiedslied für sie singen. Bestimmt wird sie es hören.«

Und so machten sich die Freunde an jenem warmen Vormittag erneut auf den Weg. Martin richtete seinen Blick auf den vor ihnen liegenden Wald, während er voller Bewunderung Roses zauberhafter Singstimme lauschte.

»Auf Wiedersehen, meine liebe Freundin,
für Eure Hilfe danke ich Euch sehr.
An diesem wunderschönen Sommermorgen
fällt mir der Abschied von Euch wahrlich schwer.
Vergießt um meinetwillen keine Tränen
und seid nicht traurig, dass ich von Euch geh,
denn wenn ich eines Tages hier vorbeikomm,
weiß ich genau, dass ich Euch wiederseh.
In den Sternen steht es nicht geschrieben,
wann man besser bleibt und wann man geht.
Allzu gerne wäre ich geblieben,
doch mein Ziel ist fern, bitte versteht!
Ich trage Euch ganz tief in meinem Herzen
und sehe Euer lächelndes Gesicht.
Nur das hilft mir, den Abschied zu verschmerzen,
doch wirklich trennen kann mein Weg uns nicht.
Auf Wiedersehen, meine liebe Freundin,
für Eure Hilfe danke ich Euch sehr.
Ich trage Eure Güte wie ein Leitbild
von nun an und für immer vor mir her.«

Brummel wischte die riesigen Tränen fort, die über sein Gesicht kullerten, während er und seine Gefährten in den tiefen, dicht belaubten Wald vordrangen. »Hajaj, ma duat fast des Herz brecha. Duat Yi glauba, doss s' des Lied g'hört haba duat, Pallum?«

Martin wies geschwind auf ein raschelndes Dickicht, sodass seine Freunde noch einen flüchtigen Blick von der geblümten Schürze erhaschen konnten, bevor sie hinter dem Farnkraut verschwand. »Keine Sorge, Brummel. Sie hat Roses Lied vernommen. Sieh doch!«

An dem herabhängenden Ast eines Hagedornbusches hatte jemand vier Stücke Pflaumen-Mirabellen-Kuchen befestigt, die dick mit Wiesenschaumcreme bestrichen waren und unmittelbar vor ihnen in der Luft baumelten wie eigentümliche Früchte.

Brummel nahm ein Stück, setzte sich auf den Boden und begann zu essen. Langsam verzog sich sein tränenüberströmtes Gesicht zu einem Lächeln. »Meinr Treu, wos duat s' doch für a wundrvoll's G'schöpf seia. I würd vor Stolz platza, wenn i des Kloi von diesr Maulwürfin wär.«

Die Helden von Redwall ...

Martin der Krieger
Martin der Krieger verkörpert wie kein anderer den Geist von Redwall. Sein ganzes Leben lang hat er gegen das Böse und für das Gute gekämpft. Und auch nach seinem Tod können die Bewohner von Redwall auf ihn zählen. In ihren Träumen wacht der tapfere Krieger über ihr Schicksal.

Matthias
Zunächst ein junger, unerfahrener Mäuserich, entwickelt sich Matthias bald zu einem mutigen Kämpfer. Er tritt in die Fußstapfen des legendären Kriegers Martin; viele meinen sogar, in Matthias Martin selbst zu sehen.

Mattimeo
Wie sein Vater Matthias ist Mattimeo beseelt vom Geist eines Kämpfers für das Gute. Besondere Stärke erfüllt ihn, wenn das Überleben anderer von ihm abhängt.

Mariel
Mariel gelingt die Flucht, als sie und ihr Vater in die Fänge der bösen Seeratte Gabuhl geraten. Sie gelangt nach Redwall und findet dort viele Freunde und Verbündete, die der jungen Mäusemaid fortan beistehen.

Josef der Glockenmacher
Josef der Glockenmacher ist der Vater von Mariel. In einem Traum erscheint ihm Martin der Krieger und führt ihn zu Mariel, die im Kampf gegen Gabuhl dringend seine Hilfe braucht.

Lord Ärdstreifen der Starke
Lord Ärdstreifen der Starke ist der Herrscher von Salamandastron. Erbittert verteidigt er seine Festung gegen das böse Wiesel Ferahgo.

Thienemann Taschenbuch bei OMNIBUS

www.omnibus-verlag.de

... und ihre Feinde

Zarina die Wildkatze
Die Bewohner von Mossflower zittern unter der Schreckensherrschaft von Verdauga und seiner Tochter Zarina. Von ihrer Festung Kotir aus halten die beiden Wildkatzen Mossflower fest im Griff.

Cluny die Geißel
Der grausame Rattenhauptmann Cluny plant den Sturm auf die Abtei von Redwall. Begleitet von einer Horde finsterer Gesellen, setzt er den friedlichen Mäusen aufs Schrecklichste zu.

Slagar der Grausame
Der Fuchs Slagar hat nur eins im Sinn: Rache an den Bewohnern von Redwall. Nach einem geschickten Manöver entführt er die Kinder der Abtei, darunter Mattimeo, den Sohn von Matthias und Kornblume.

Böswill der Hermelintyrann
Der teuflische und herrschsüchtige Böswill tut alles, um seine Macht zu vergrößern. Seine Festung Marschank regiert er mit brutaler Härte.

Gabuhl der Wilde
Gabuhl der Wilde ist der grimmigste aller Kämpfer. Um in den Besitz einer geheimnisvollen Glocke zu gelangen, nimmt er Mariel und ihren Vater Josef gefangen.

Ferahgo der Meuchelmörder
Wer auch immer sich Ferahgo zu widersetzen wagt, wird getötet. Gemeinsam mit seinem Sohn Klitsch heckt er einen grausamen Plan aus, um die Festung von Salamandastron zu erobern.

Thienemann Taschenbuch bei OMNIBUS

www.omnibus-verlag.de